社畜男はB人《びじん》お姉さんに助けられて――　2

Author
櫻井春輝
Illustration　あむ

モンスター文庫

柳《やなぎ》 大樹《だいき》
Yanagi Daiki

「そ、そこまでジロジロ見られると、さ、流石に恥ずかしいんだけど……」
如月《きさらぎ》玲華《れいか》
Kisaragi Reika

工藤天馬《くどうぺがさす》
Kudou Pegasasu
「もう、いつも恵ばっかり……」
夏木穂香《なつきほのか》
Natsuki Honoka

「ありがとうございます、先輩——」
綾瀬《あやせ》恵《めぐみ》
Ayase Megumi

「宣材で使うかもしれませんから
写真撮っておきます」
四楓院麻里《しほういんまり》
Shihouin Mari

社畜男はB人お姉さんに助けられて——②

櫻井春輝

MONSTER bunko

社畜男はB人《びじん》お姉さんに助けられて――
2
Author: Sakurai Haruki
Illustration: Amu

CONTENTS

第一話　先輩これはどういうことですか

「おい、柳《やなぎ》‼　どういうことだ、これは⁉」

昼下がり、大樹《だいき》達が働く一室に、そこで働く全員に聞こえるような怒声が響く。

実際、何人かビクッとした。が、一瞬振り向いたかと思えば、いつものことかとすぐ自分の仕事に戻る。

そんな中で、呼ばれた大樹は動揺などまったく無く、目は正面の液晶に向けながら、手はキーボードを叩《たた》きながら至って平静な声で返した。

「なんですか、課長」

大樹の班のデスクの島と、大樹が問い返した課長の席はそこそこ離れている。

なので、課長はいつものようにこう言う。

「なんですかじゃねえ！　こっちに来い‼」

そして大樹もいつもと同じようにこう言い返す。

「今手が離せませんので、用があるなら課長がこっちに来てください」

上司に対して言うことでは無い。大樹も勿論《もちろん》、承知の上であるが、半分ワザと、半分は本気で言っている。

「ああ⁉　お前が来いって言ってんだよ、さっさと来い‼」

大樹は聞かなかったことにして、仕事を続ける。

どうせ碌《ろく》な用事でないのはわかりきっているからだ。

この課長は二代目のクソ社長が採用を決めた男で、日常茶飯事のようにパワハラ、罵倒《ばとう》を繰り返す。部下の手柄は自分のもの、自分のミスは部下のものを当たり前のように地で行い、上には受けが良く、下からの評判は最低という、典型的に嫌な上司というのがこの男——五味《ごみ》課長である。

「おい、柳！　無視してんじゃねえ‼」

反応しない大樹に向かって五味が何度も叫ぶ。いい加減鬱陶しくなった大樹が叫び返す。

「うるせえな‼　用があるならお前から来いって、いつも言ってんだろ‼」

五味の声よりも大きく迫力もあるその声の方が、周囲に迷惑になりそうなものだが、大樹の見えてる範囲だけでも、拳を握ってガッツポーズをとっている同僚が何人かいる辺り、迷惑に思っているのは少数だと思われる。大樹の班員である後輩達は言うに及ばずだ。噴き出しそうなのをなんとか堪《こら》えている様子。

「てめえ！　誰に向かって、んな口きいてんだ⁉」

「お前以外に誰がいる⁉　んなこともわかんねえのか⁉　いいから、用があるなら、さっさとこっちに来い‼」

「き、貴様……」

五味は埒《らち》が明かないと思ったからか、顔を赤くして歯を食いしばるように唸《うな》りながら立ち上がり、大樹の席にドシドシと寄ってきたのである。苛立《いらだ》ちをぶつけるように大樹の机を軽く蹴って、荒々しく声をかける。

「おい！　先週にやれと言っておいた、ＲＩ社の仕事まったくやってねえじゃねえか、どうなってんだ⁉」

大樹は五味の方を見向きもせず、目は液晶に、手はキーボードを叩きながら考えた。

「ＲＩ社………ああ、それはうちでは手一杯で引き受けれないと断ったやつですね。課長まだやってなかったんですか？」

「ふざけんな！　俺はお前にやれと言ったはずだ‼」

「だから、さっきも言ったでしょうが。こっちは手一杯だから、引き受けれないと。俺は最初から最後まで断わりましたし、引き受けるの一言だって言っちゃいませんよ」

「ふざけんじゃねえ！　俺がやれと言ったらやれ‼」

そこで大樹は、これ見よがしに大きくため息を吐《つ》いてみせた。

「いいですか、課長。無理だから無理だと言ってるんです。やれと言われても出来ないことは出来ないんです。何度言ったらわかるんですか」

「この――――！　そういう話をしてんじゃねえ！　俺がやれと言ったらやるんだよ‼」

そこで初めて大樹は五味の方を見る。その目はどこまでも蔑《さげす》んだ色をしていた。

「課長が忘れているようだから言いますが、ＡＲ社、ＦＫ社、ＯＪ社、ＳＫ社――俺含めて四人の班で、これだけの仕事抱えていて、どうやったらその上に他の仕事が出来るってんですか……その仕事なら課長がやればいいでしょう。どうせヒマなんでしょう？」

「ふっざけんな！　誰がヒマだあ!?」

「毎晩のように飲み歩いてるって話をよく聞くんですが……ただの噂《うわさ》だったんですかね？」

「だ、誰がだ！　んなことある訳ねえだろうが！」

「そうですか、今日遅刻してきたのはてっきり二日酔いのせいだと思ってましたが……違ったんですね、これは申し訳ない」

大樹が慇懃無礼《いんぎんぶれい》に頭を下げると、五味は吐き出そうとした言葉を飲み込んで横柄に頷《うなず》いた。

「ああ、ただの噂だ——という訳で、俺は忙しい。お前らで何とかやれ」

何がという訳なのかサッパリわからないが、その物言いに大樹は言い返した。

「ふむ……課長は忙しいから、その仕事が出来ないと言うんですね？」

「ああ、そう言ってんだろ」

「その理屈で言うと、俺達も忙しいから出来ませんと言えますね。実際的にその通りな訳ですし。という訳で、その仕事は俺達では引き受けかねます。話は終わりですね」

そう言って大樹が液晶に目を向けて、再びキーボードを叩き始めると、五味は呆気《あっけ》にとられたような顔からすぐ沸騰したように赤くなった。

「ふざけんな！　だったら誰がこの仕事やるってんだ！　会社に損害出す気か、てめえ!?」

「知りませんよ。第一、その仕事だって課長が後先考えずに、引き受けてきたもんでしょうが。損害が出たとしたら、それは課長のせいでしょう。大体、今俺達が抱えている仕事も課長が軽々しく引き受けた癖に、出来ないからと言って押し付けてきたのを無理してやってる訳ですが……課長、いい加減、自分のケツは自分で拭けるようなってくれませんかね？　いい年なんですから」

「こ、この――」

プルプルと震えて、今にも爆発しそうな五味に大樹は機先を制して言った。

「ほら、席に戻って仕事したらどうですか。時間が勿体ないですよ」

「てめえ、柳――」

「RI社の仕事の内容、目は通してます。俺達と同程度に頑張れば、期限までに課長でも終わらせられますよ。なので――頑張ってください」

最後の一言を強く睨《にら》みつけながら告げると、五味は大樹を睨み返した末に、舌打ちをして再度、大樹の机を蹴ると踵《きびす》を返して、自席に戻ったのである。

（やっと、うるせえのがいなくなった……）

そう内心で独り言《ご》ちると、周りからホッと息を吐くような音が聞こえてきた。

「ちょっと、先輩、いくらなんでも言いすぎじゃないですか……？」

「先輩がワザと怒らせてるのわかってるつもりですが……」

「聞いてるこっちはかなりスカッとしますが、なかなかヒヤヒヤしますね、確かに」

綾瀬《あやせ》、夏木《なつき》、工藤《くどう》が心配そうに次々に声をかけてくる。

大樹は心配いらんと手を振る。

「半分はワザとでなく、本気も混じってるし、あのゴミがいくら怒ったところで、俺の状況はこれ以上悪くならんから心配するな。クビにしてくれるなら望むところだが、どうせ、あいつにそんな真似《まね》はできん」

「……ですね。先輩がいなくなって一番痛いのって、あの課長ですもんね」

「先輩がいるから仕事アホみたいにとってきて、先輩にやらせてますしね」

「そんで先輩が仕事終えたら、俺の采配《さいはい》っぷりがいいからだとか言って、手柄全部持っていきますもんね……」

「つくづくゴミ課長ですね……」と後輩達が五味の苗字を揶揄《やゆ》しながら揃《そろ》って長い息を吐いた。

年上相手に大樹は滅多に乱暴な口調を使わないが、五味相手は別だ。強く反論しないと、冗談抜きで仕事に押し潰されて死んでしまうからだ。

現に大樹はこのあいだ、帰りに倒れてしまったほどなのだ。

他にも理由はある。辞めていくことを考えたら、それまでは五味のヘイトを徹底的に自分に向けて、同僚のストレスを少しでも軽減しておこうというものだ。後輩達に向かせないためでもある。

「とにかく、お前らはあのゴミのことなんか気にするな。仕事に戻れ」

大樹がそう言うと、後輩達は肩を竦《すく》めて「はーい」と返事をする。そこで、隣に座る綾瀬が気づいたような声を出した。

「あれ、先輩。スマホ落ちてますよ」

「……ああ、さっきゴミが机蹴った時に落ちたのか」

目を向けると、綾瀬の足元に大樹のスマホが落ちていた。

「……最低ですね、本当。割れてなければいいんですが――っと」

言いながら綾瀬が手を伸ばして拾ってくれて、そっと画面を確認する。

「よかった、割れてません――え」

大樹のスマホを手にホッと安堵《あんど》の息を吐いていた綾瀬が、突然ピシッと固まった。

「うん？ どうした、綾瀬――？」

大樹がスマホを受け取ろうと手を伸ばしながら聞くと、綾瀬は動揺したかのように唇を震わせ目を盛大に泳がせて、大樹にスマホをかざして聞いたのである。

「せ、せ、せ、先輩――？ こ、ここ、こ、これは一体――？」

「これはって、どうし――あ」

綾瀬の様子に訝《いぶか》しんだ大樹の目に飛び込んだのは、こないだ玲華《れいか》にセットされた玲華と腕を組んでいるツーショットの待ち受け写真であった。

（しまった――!!）

待ち受け画面とはいえ、そうそう見られることもあるまいと高を括《くく》って放っておいたのは大樹の誤算である。

「あ、綾瀬、早くそいつを返せ」

大樹が焦ってスマホを受け取ろうとすると、綾瀬は聞かずに立ち上がって夏木にまでスマホを突きつけた。

「ほ、穂香《ほのか》！　見て、これ――!?」

「んー？　何、めぐ――!?」

どこか眠そうにしていた夏木の目が途端に見開かれる。そして般若《はんにゃ》の如《ごと》き形相を帯び始める。

「先輩!?　なんですか、この女は――!?」

立ち上がってそう問い詰める夏木は、まるで浮気を見つけた妻のようで、大樹は悪いことなどしてないはずなのに、そのような気分になってきた。

「い、いや、別に――というか、お前らには関係ないだろう」

言い訳をしようとしたが、よくよく考えたらそんな必要もないと思い直しながら、今は工藤も覗《のぞ》き込んでいるスマホを、奪うように手に取った。

すると俄然《がぜん》、剣呑《けんのん》な空気を纏《まと》い始める夏木と綾瀬の二人。

「あー！　そんなこと言う!?　そんな風に言いますか!?」

「そうね……今のはちょっと、流石《さすが》に傷ついたわね……」

据わった目で大樹を強く睨《ね》め付けてくる二人に、大樹は少々怯《ひる》みながら言い返す。

「い、いや、実際そうだろ……俺がプライベートで誰に会おうと、お前らには――」

「せ、先輩！　それ以上は火に油――いや、ガソリンです!!」

工藤が慌てて大樹の言葉を遮る。

「……どうする、恵《めぐみ》？　先輩あんなこと言ってるけど……」

「そうね。とりあえずは尋も――話を聞く必要があるわね」

「賛成。じゃあ、まずは今日の仕事を――」

「さっさと片付けて――」

そこで二人は揃って大樹を強く見つめて、宣言した。

「先輩、今日は飲みに行きますよ‼」

「お、おう――？」

思わず大樹が頷くと、夏木と綾瀬の二人は猛然と鬼気迫る勢いで仕事を再開したのである。

大樹が呆然《ぼうぜん》としていると、あちゃあと額に手を当てていた工藤が大樹に同情するような目を向けてきた。

「――工藤くん？　さっさと今日の分の仕事終わらせてね？」

「ええ。早く終わらせないと――怖いわよ？」

夏木と綾瀬の二人に睨まれた工藤は、慌ててマウスを手にとり液晶に目を向けた。

「た――直《ただ》ちに‼」

そうやって三人が目を血走らせながら仕事するのを大樹は呆《ほう》けたように見た末に、思い出したように仕事を再開するのであった。

第二話　別に変なものなんて入ってませんよ

「ふんふんふーん」

玲華がご機嫌に鼻唄《はなうた》を歌いながらエレベーターを降りると、あちこちから挨拶のラッシュを受ける。

「おはようございます、社長」

「おはようございます、如月《きさらぎ》社長！」

「はーい、おはよー！　おはよー！」

玲華が笑顔で明るく返すと、女性社員も男性社員も見惚《みと》れたようにボウッとしたり、顔を赤くしたりと忙《せわ》しない。

◇◆◇◆◇◆◇

「おい、ヤバいな、今週入ってからの社長……」

「ああ、溌溂《はつらつ》としてるな」

「光り輝いて見えるぜ」

「つまり光の女神か……」

「それだな。それ以上に相応《ふさわ》しい言葉は見つからないな……」

「つか、そういうことよりもだな……」

「ああ――」

「か、可愛《かわい》いな最近の社長……」

「それ。ほんそれ。ヤバい」

「今まで綺麗《きれい》だって感想ばかりだけど、最近の社長は――」

「可愛いすぎ」

「早く、『今日の社長』の写真回ってこねえかな」

「流石にまだ早いだろ……」

「そうか、そうだよな……」

「それより聞いたか？　あの噂……」

「なんの噂だ……？」

「社長に彼氏が出来たとか……」

「そ、そんな――確かなのか⁉」

「わからんが……社長のあの機嫌の良さや、溌溂ぶりを考えたら――」

「信憑《しんぴょう》性は高い……か――」

「残念だが……」

「そ、そんな――明日から俺は何を希望に生きていけば……」

「馬鹿野郎！　社長に彼氏がいようがいまいが、お前なんかを相手にする訳ないだろ！」

「そんな本当のこと言うなよ。可能性の話じゃねえか、ゼロに近いのとゼロは違うだろ⁉」

「……そうだな。俺が悪かった」

「わかってくれたらいいんだ……」

「……そういや、この噂、企画開発の連中には届いてんのか？」

「ああ。届いてるらしいが、問題は無いらしい」

「……そうなのか？　意外だな……」

「だって、あいつらはそれで社長を寝取られた妄想を楽しめるし、そもそも崇拝の対象であって、恋愛の対象じゃないとか」

「……業が深いにもほどがありやしないか？」

◇◆◇◆◇◆◇

普段通りにしているつもりでも、機嫌の良さといったものはどこかしら滲《にじ》み出てしまうもので、玲華は特にそれが顕著だった。代わりに悪い時はそう表に出ない――先週が例外だっただけだ。

「おはよー！　麻里《まり》ちゃん」

変わらず明るい笑顔で社長室に入った玲華は、いつも通り先に控えている麻里に挨拶をした。

「……おはようございます、社長」

起立してスッとお手本のような一礼をして、挨拶を返す麻里の前を横切って玲華は自分のデスクに腰を落とす。

そしていつものようにPCでメールのチェックをしていると、麻里が頭《かぶり》を振りながら立ち上がり、玲華の前まで足を進めた。

「社長――いえ、先輩」

そう呼びかけられて、玲華はギクッとして身構えながらそろそろと顔を上げた。

先週はプライベートの顔になった麻里から散々な目に遭ったためだ。

「――な、何？　麻里ちゃん？」

「はい――そろそろ突っ込んでいいですか？」

冷たい目でそんなことを問われ、玲華は訳がわからないままに問い返した。

「つ、突っ込むって、な、何――？」

すると麻里はこれ見よがしにため息を吐いて言った。

「いい加減、その幸せオーラを撒《ま》き散らすのをやめていただけませんか」

「――は？　え、何それ？」

玲華は本気で訳がわからず、首をこてんと傾《かし》げた。

すると麻里は歯を食いしばって「くっ――」と呻《うめ》き、自分を落ち着かすように長い息を吐いた。

「機嫌が良いのは結構なことですが、良すぎるのも問題です。週末が楽しかったのはわかりましたから、一度冷静になって己を省みてくださいーーさもないと」

麻里の言葉にギクギクとしながら聞いていた玲華は反論しようと試みるも、麻里の醸し出す迫力に押されて、ゴクリと喉を鳴らした。

「さ、さもないとーー?」

「仕事の時以外はポンコツなのがバレますよーープライベートの時の雰囲気が出すぎています」

「ぽ、ポンコツ言うなあ!」

こればっかりはと反論すると、麻里は重苦しいため息を吐きながら何度も首を横に振った。

「今はそんなこと話し合ってる場合じゃないんです」

「ちょ、ちょっと、そんなことってーー!?」

すると玲華は麻里にギロリと睨まれ、思わず口を閉じてしまった。

「いいですか、先輩ーー?」

コンコンと諭《さと》すような口調で話し始める麻里に、玲華は知らず居住まいを正した。

「自覚が無いようですが、週末が明けてからの先輩は浮かれすぎに見えます。今日だって、この部屋に入ってからずっと鼻唄を歌ってましたよ? 自覚ないですよね? ーーそうでしょうね。さっきも言いましたが、機嫌が良いのはいいんです。問題は良すぎることで、プライベートの時の先輩の雰囲気が出つつあることです。折角、幹部達全員で先輩が仕事の時以外はポンコツだってことバレないようにしてるのに、なんですか、台無しにする気ですか? それだけでなく、如何《いか》にも幸せなオーラを発散させるから、綺麗さより可愛さが勝って、社員達が戸惑ってます。そのせいで最近、私のとこにまで苦情めいた悩みのようなものが来ています。読み上げますよ？　――『最近、社長が可愛すぎて辛《つら》い』『社長が可愛すぎて仕事が捗らない』『今日の社長の写真が来るまで落ち着いて仕事ができない』『玲華たん、はあはあ』『社長に踏まれたら死んでもいいです』……いいですか、この混乱っぷ――」

「ちょっと待った！　今、後半変じゃなかった⁉　前半も前半だけど！　それに写真って何のこと――⁉」

　突っ込みどころしか感じなかった玲華の制止の声に、読み上げていたスマホにもう一度目を通した麻里は眉をひそめた。

「――別に変なものなんて入ってませんよ」

「え、ええー……？」

「ともかくですね、先輩。浮かれるにしてもほどほどにしてください。さっきも自覚ありませんでしたが、今週の先輩、一人で作業してる時とか、一人で歩いてる時なんか、殆《ほとん》ど鼻唄口ずさんでますよ」

「うっ――ほ、本当に――？」

「ええ、本当です。とにかく、気をつけてください。社長である先輩が、そんな調子じゃ社員に示しがつきません」

「わ、わかった……気をつけるわ」

先の話はともかく、この言葉には玲華も反省をするしかなかった。言われてみれば確かに浮かれていたかもしれない。

「はい、これから気をつけてくださったら構いません」

鷹揚《おうよう》に頷く麻里へ、玲華は神妙に頷いた。どっちが社長かわからない構図だが、今の二人はプライベートモードに近いから仕方ない。

「――で、ところで先輩？」

「は、はい――え、何？」

つい、そんな風に返事をした玲華に、麻里は何気ないように聞いた。

「柳大樹くんでしたっけ――もうエッチはすまされたんですか？」

「ぶふっ――」

「はあ、その様子ではまだのようですね。週末に家デートしたんですよね？　一体何やってたんですか？　先輩なら服をちょっと脱いで寝室に連れていけばイチコロじゃないですか」

「ちょ、ちょ、ちょ、ちょっと麻里ちゃん――!?」

「なんですか、先輩」

顔を真っ赤に慌てふためく玲華とは対照的に、麻里はどこまでも平坦だ。

「え、え、え、エッチもなにも――そ、それにデートでもないし、私達まだそんな関係じゃ――」

そこまで言ったところで、麻里がそれはもう盛大なため息を吐いた。

「あれだけ浮かれていてエッチどころか付き合ってすらいなかったんですか……なんで、こうプライベートだと進展が遅いんですか、契約だとあっという間に成立させるというのに」

「そ、そんなの私の勝手でしょ――!? だ、大体、柳くんだって私のこと、どう思ってるかなんて……」

尻すぼみに弱くなっていくが、玲華は隠そうとしている自分の心情が漏れていることに気づいていない。

「……まだそんなところだなんて……それにしても『柳くん』ですか……ふむ……」

麻里が暫《しば》し黙考して、玲華は訝しむ。

「えっと、麻里ちゃん……?」

「ああ、失礼しました。そうですね、ではその大樹くんと、どのように過ごしたのか聞かせてもらえますか?」

「な、なんでそんな――え、どうして麻里ちゃんが柳くんのこと名前で呼ぶの」

「別に呼んでませんよ。表しているだけです。本人いないんですし、会ったこともないんですから、苗字で表そうが名前で表そうが別に構わないじゃないですか」

「そ、そうかもしれないけど……」

どうにも腑《ふ》に落ちない玲華を無視して、麻里はマイペースに話し続ける。

「それで確か……大樹くんが角煮を作ってくれる約束をして来たんでしたよね。で、どうでしたか、大樹くんが作った角煮は? ああ、でも角煮を作りに来ただけじゃないんですよね?

大樹くんは何時に来られてどのように大樹くんと過ごしたのですか?」

妙なほどに大樹の名前を連呼する麻里に訝しむと同時に、玲華の心に何か嫌なものが走る。

変に苛立ちを覚えながら玲華は堪らず抗議する。

「ちょっと、麻里ちゃんが柳くんのこと、大樹くん大樹くんって呼ぶのは、やっぱりおかしいわよ」

「……そうですか? 別に会ったこと無いんですから、そこまでおかしく無いと思いますけど」

「で、でも――」

「そんなこといちいち気にしてたら大樹くんに愛想つかされますよ」

「うっ――」

「私はまだその大樹くんに会ってないんだから、先輩が気にする必要なんてないと思いますけどね」

「で、でも――」

「とにかくですね、週末に先輩が大樹くんとどのように過ごしたか教えてもらえませんか?」

「それは――って、なんで話さなくちゃならないのよ!」

「ここで話さなかったとしても、結局は幹部会議で話すことになると思いますけど」

この場合の幹部会議はかっこして居酒屋が入る。

「あ、あんなの卑怯《ひきょう》よ! 皆で寄ってたかって!!」

「仕方ないじゃないですか。こんな絶好の面白──酒の肴《さかな》になること」

「それ、言い換えた意味あるの⁉」

「とにかく、さあ、大樹くんのことを話してください。大樹くんとどのように過ごしたんですか。大樹くんの作った角煮はどうだったんですか」

またもワザとらしく大樹の名を連呼されて、玲華は苛立ちと共に口を開く。

「やっぱりおかしいわ！　麻里ちゃんが、大樹くんのこと大樹くん大樹くんって呼ぶの！」

その瞬間、麻里の口端がニヤッと吊《つ》り上がった。

「そう目くじらを立てなくてもいいじゃないですか……心配しなくても私は先輩を応援してますし、大樹くんといざ会った時に誘惑しようだなんて考えてませんよ」

「む、むう……べ、別に応援とかは……」

「私の分析から大樹くんが先輩をどう思ってるか──聞きたくありませんか？」

玲華の手がピクッと震える。

麻里の分析力の高さは玲華が一番良く知っているし、一番評価している。

現に玲華は大樹のことを特に話していないのに、玲華の反応だけでどんどん現況を把握していっているのだ──これに関してはプライベートモードの玲華が表に出てポンコツ化してるせいでもあるが、それでも麻里の分析力は確かだ。

「──ま、麻里ちゃんが、そこまで言うなら……」

と、玲華は渋々の態《てい》を装いながら、麻里に週末のことを話していくのだった。

第三話　は、はい、先輩

「だーかーらー、誰なんですか、先輩、あの女は⁉」

大樹の正面に座っている夏木が酒に酔って真っ赤な顔で、飲み干したばかりのグラスを勢いよくダンッとテーブルに置く。

「そうですよー、誰なんですかー、あの女の人はー？」

隣に座る綾瀬が、しなだれるように大樹に詰め寄って聞いてくる。夏木と同じように酔ってるせいで顔が赤い。

大樹は二人の様を見て、重苦しい息を吐いた。

「二人共、飲みすぎだ。工藤、お冷や頼んでくれるか」

「ああ、さっきトイレから戻って来る時に頼んでおきました」

「そうか、気がきくようになったもんだな、お前も」

「いやあ――へへっ、先輩にそう言ってもらえるようになって俺も嬉《うれ》しいですよ」

男二人がほのぼのとして笑い合っていると、酔った女二人がそんな空気をぶった切る。

「先輩‼　聞いてるんですか⁉」

「そうですよ！　質問に答えてください‼」

大樹が再び重い息を吐き出す。

「――だから、言ってるだろ。最近知り合った近所の人で、ちょっと親しくしてもらってるだけだ」

　今日何度目かわからない答えを大樹が返すと、夏木と綾瀬の二人は揃って、納得いかないように、目を吊り上げた。

「それだけじゃないですよね⁉」

「そうですよ！　絶対ちょっとのはずないです‼」

「大体、ちょっと親しいぐらいで腕組んで写真撮りますか⁉」

「そうです！　先輩、あの美人な人とどんな関係なんですか⁉」

　こう問われるのも今日何回目だったかと大樹は、辛抱強く同じ答えを返す。

「だから、それはからかってきてるだけだ。それで、ちょっと怒らせたものだから、罰ゲームみたいにあれを待ち受けにしろと――な？　からかわれてるから、腕を組んできたんだし、からかわれてるからあの写真が待ち受けにされてしまった訳だ」

　大樹は嘘《うそ》はまったく吐いていない。

　そして答えてもやはり、納得いかない風に唇を尖らせ、眉をひそめる二人。

「そうは言ってもですね……」

「ねえ。あ、じゃあ、先輩。その人と親しくしてるって、どんなことをして親しくなったんですか？　きっかけは何だったんですか？」

　思っていたより酔いは回っていなかったのか、綾瀬が鋭く聞いてきて、大樹は一瞬詰まった。

「──っ、そ、それはだな──」

仕事の帰りに倒れてしまっただなんて、心配かけてしまうだろうことを、大樹は後輩達には言えなかった。

「それは──?」

続きを促してくる後輩達に、大樹は首を横に振る。

「──大したことじゃない。それに、その話は俺だけでなく、彼女のプライバシーにも関わることなのだから、俺の勝手で話していいものとも思えん」

半分建前、半分本音で大樹はそう返した。

玲華が自供させられてペラペラ話していることなど、露知らない大樹である。

「む……そう返しますか……」

やはりそれほど酔ってないのか、綾瀬が冷静に大樹の答えを受け止めていた。

「大したことないなら、話してくださいよ、先輩!」

一方、夏木は見た目通りに酔っているようで、遠慮が無い。

「駄目だ。もうこれ以上は話さんぞ。まだ聞いてくるなら、お開きだ──もう十分遅いしな」

大樹がキッパリ告げると、夏木と綾瀬は顔を見合わせると、口を尖らせて残念そうにため息を吐いた。

二人のその様子を見て、大樹はホッと一息吐いた。

「──それより、お前達、転職活動の方の調子はどうなんだ?」

会社では開けっぴろげには聞けないこれこそが、大樹が話したかったことである。

「俺はまだ、転職サイトに登録したり、条件に合うとこ探したりしてるとこです」

「私もそんな感じです」

「私は……私も、二人と同じようなとこです」

最後の綾瀬の言葉に、大樹は片眉を上げた。

（……いくつかリストアップはしたが、二人と足並みを揃えたい……ってとこか？）

優秀な綾瀬のことだから、二人より先んじてるのは間違いないはずだ。

ともあれ、大樹は突っ込むことなく、頷いて言った。

「そうか。まあ、じっくり探せ。そして、めぼしいのが見つかったら、受ける前にその企業名、俺に報告くれるか」

するとと後輩達は、何故《なぜ》だろうと揃って首を傾げた。が、夏木が閃《ひらめ》いたような顔になって言った。

「もしかして先輩！　一緒に受けてくれるんですか⁉」

工藤と綾瀬が揃ってハッとするのを見ながら、大樹は無情に首を横に振った。

「違う。わかる範囲でだが、ブラックかどうか調べておいてやる」

「ああ……そうですか。いえ、でもそれはありがたいですね」

「ええ、本当に……でも、先輩、そんなの調べてわかるもんなんですか？　負担になりませんか？」

気遣うように聞いてくる綾瀬に、大樹は少し考えてから答えた。

「俺で調べられることなどたかが知れてるからな。詳しそうな人に心当たりがあるから、その人に頼むつもりだ」

脳裏に浮かんだのは勿論、玲華だ。この時ばかりは、ポンコツっ気のない頼れる笑みを浮かべていた。

「あ、そうなんですね……それでは、その時はよろしくお願いします」

ホッとしたように綾瀬が頭を下げると、夏木と工藤の二人も倣って頭を下げてきた。

「ああ。だからくれぐれも早まるような真似はしてくれるなよ?」

大樹が少しからかい混じりに言うと、後輩達は噴き出し気味に苦笑を零《こぼ》した。

「やりませんよ——もうブラックはこりごりです」

「そうそう。先輩いなかったら、とっくに辞めて田舎帰ってましたよ」

「本当にそう。先輩があの課長との間に入ってくれてなかったらと思うとゾッとするわ」

工藤、夏木、綾瀬が口々にげっそりしたように言うのを、大樹は苦笑して聞いていた。

「でも、先輩はいつ転職活動始められるんですか……？」

綾瀬の問いに、大樹は最近考えていたことを口にする。

「俺はお前達の転職先が決まるか、お前達が辞めてからだな」

「でも、俺達が辞めたら、仕事大変になるんじゃないですか？」

「心配するな。お前達が辞めたら、俺もすぐに辞める」

「え――転職先はどうするんですか？」

夏木のもっともな問いに、大樹は気軽に返した。

「気にしなくていい。最悪、日雇いのバイトでもして食い繋《つな》げばいい話だ」

「……先輩がバイトっすか……」

「なんかすごく……」

「ええ――無駄遣い感がひどいわね」

工藤、夏木、綾瀬が微妙な表情をして言うのに対し、大樹は眉をひそめる。

「お前らな、バイトだって悪いもんではないぞ。滅多にない体験も出来るし、いい運動にもなる。普段は会わないような人にも会えるし、引っ越しのバイトなんて、体も鍛えられて正に一石二鳥、いや三鳥ではないか」

それを聞いた三人の後輩達は、揃って苦笑を浮かべる。

「先輩って、そういうとこ脳筋ですよね」

「そういえば、よく体が鈍《なま》ったって言ってましたよね」

「でも、こうやって触ると確かに以前より筋肉落ちたのがわかりますね」

綾瀬が言いながら、腕やら胸板をサスサス触ってくる。

「ちょっと！　恵、何してんのよ⁉」

「何って――先輩自慢の筋肉チェック？」

綾瀬がしれっと答えると、夏木が憤慨して席を立つ。

「ズルい！　じゃあ、私もするから席替わってよ！」

「嫌よ。今日は私がここって決まったでしょ——あ、工藤くん、先輩と一緒の写真撮ってくれない？」

綾瀬が自分のスマホを工藤に渡し、写真を撮ってもらっている間も夏木がギャーギャーと騒いでいる。堪らず、大樹が割って入る。

「ええい、静かにせんか二人とも。それに綾瀬、錆《さ》びついた筋肉を触られてると虚《むな》しくなってくるだろうが、いい加減やめろ」

「……そういう理由でやめろと言われるとは思いませんでした」

綾瀬が苦笑しながら、大樹の言う通りに触れてくるのをやめる。

「恵！　次は私！　写真も撮るから替わって！」

「おい、夏木。俺の話を聞いてなかったのか？　俺は今の貧弱な筋肉を触られると虚しくなるからやめろと綾瀬に言ったとこではないか」

「……先輩が貧弱だったら、俺は一体……」

工藤が複雑そうに自分の体を見下ろしている。

「大丈夫ですよ、先輩！　見かけは言うほど変わってませんよ！」

夏木が励ましの言葉を送ってくるが、大樹は悲しみと共にため息を吐いた。

「と言うことは、多少は見た目でも落ちているという訳だな——何ということだ」

「あ——」

しまったと言わんばかりの顔で失言を悟る夏木に、綾瀬と工藤がジトッとした目を向ける。

「いいか、夏木。トレーニングというのはやったらやった分だけ、体は応えてくれるが、少しサボったらそれを取り返すのには三倍のトレーニング量が必要なのだぞ。今まで俺がどれだけ鍛えてきて、そして、どれだけ会社のせいで、筋肉を失ったと思っているのだ。会社のせいで無くした筋肉を取り戻すのに一体どれだけ――」

「あ――は、はい、先輩――」

夏木が冷や汗を流しながら相槌《あいづち》を打つのを、綾瀬と工藤は諦めのため息を吐きながら眺めるのだった。

第四話　麻里の報告

「――社長、こちら頼まれていたものです」

そう言って、麻里が玲華に渡してきた資料の標題を見て、玲華はすぐ手に取った。

「急ぎでないということでしたので、じっくり調べさせてもらいました」

「――ええ、ありがとう。ごめんね、こんなこと頼んで」

「いえ。私自身が調べたこともありますが、大方指示を出して集めたものですので」

「それでも、ありがとうね、麻里ちゃん」

言ってから玲華は、そこそこに分厚い資料をパラパラと速読で読み進めていく。

その様子をジッと見つめていた麻里が、ポツリと言った。

「大樹くんの会社――ですよね、そこ」

ピクと手を止めた玲華が苦笑して、頷いた。

「麻里ちゃんが調べて気づかないはずないものね――そうよ」

「ええ。社長がこんなこと頼んでくるのが珍しかったことと、タイミングと併せると、その点についてはすぐにわかりました」

「あー、まあ、そうでしょうね」

「――なので、勝手ながら、社内と取引先からの大樹くんの評判についても簡単にですが、纏《まと》めてあります。そっちの資料とは別に、こちらになります」

そして、スッと標題も無い資料が机の上に乗せられる。

「――え」

玲華が手を止めて、思わず麻里を見上げた。

「……そこについては社長の気が進まないだろうことは承知してましたが、社長と関係が深くなる可能性があるなら、社としても無視できないと。さっき言った評判程度だけですが、勝手ながら調べさせていただきました、申し訳ありません」

スッと頭を下げる麻里に、玲華は眉を複雑な感情から寄せる。

「えっと、あの――私と関係が深くなる可能性があるならって、どういうこと」

頭を上げた麻里が、淡々と答える。

「社長は仕事に関しては、何の心配もしていませんが、如何《いかん》せん私生活に関してはポンコツもいいとこです」

「ぽ、ポンコツ言うな！」

「詳しく言うなら、仕事で社長の顔をしている時に知り合った男なら、百戦錬磨のホストであろうとも、社長は軽くあしらうと信頼できますが、プライベートの顔の時に男と出会ったらどうなるか、こちらも不安なとこがあるんです」

「うっ――」

「なので気にせざるを得ません。社長がプライベートの顔で出会った男が、社長の財産目当てなのか、我が社の情報狙いで近づいてきたのか、その男が碌でもない男か、など」

「い、いくらなんでも、そこまで無警戒になってないわよ。これでも人を見る目は持っているつもりよ?」

玲華が頬を引き攣《つ》らせながら抗議すると、麻里はため息を吐いた。

「はい。社長としてのその目は確かなものだと知っていますが、それが私生活の時にポンコツ化しないかが最大の問題だったのです」

「もう!　ポンコツポンコツ言いすぎよ!」

「——そうですね。少なくとも、大樹くんに関してはプライベート時の社長の目は、ポンコツ化していなかったことがわかったので、目がポンコツ化するかもという疑いを持ったことに関しては、謝らせてもらいます——申し訳ありませんでした。社長の目がポンコツ化するかもなんて疑って」

深々と頭を下げる麻里を、玲華はジトッとした目で見下ろした。

「ねえ、なんか全然謝られてる気がしないのは、私の気のせいなのかしら」

すると頭を上げた麻里が、心外なと言わんばかりに目を丸くした。

「そんな——深く心よりお詫《わ》びしたつもりだったのですが」

「ふーん……」

不機嫌を露わに玲華は唇を尖らせたが、麻里はまったく動じた様子を見せない。

「はあ……もう、大体この私がポンコツだなんてこと自体が間違ってると思うんだけど」

「ご冗談を」

「冗談なんかじゃないわよ！　──ったく、もう」

玲華は不貞腐《ふてくさ》れ気味に、資料に目を通すのを再開した。

五分とかからず全てに目を通した玲華は、思わず顔を顰《しか》めた。

「──ひどいわね」

「ええ、典型的なブラック企業ですね。サビ残は当たり前、薄給、休出はほぼボランティア、パワハラ、モラハラ、無能な上層部──社長が代わるだけでこうもひどくなるなんて、という意味では非常に参考になる会社だと思います」

「そうね──だけでなく、これ収益の数字、いくつかおかしいとこあるわね」

「流石、気づかれましたか──恐らく、粉飾でしょう。業績悪化を隠すためなんでしょうが、ちょっとお粗末ですね」

玲華は重苦しいため息を吐いた。

「想像以上に悪いみたいね……考えてみれば、あのタフそうな大樹くんが帰り道に倒れたこと自体が、その酷《ひど》さを物語ってたんじゃない」

思わず頭を抱える玲華に、麻里は気の毒そうな目を玲華と、大樹について纏められた資料に向ける。

「──その、大樹くんなんですが、この資料はどうしますか。確認しますか」

「え──？　ああ……」

玲華が顔を上げてから、遠慮がちにその資料へ視線を向ける。

(大樹くんのこと勝手に調べたようなもんだし、知られたら絶対いい気しないわよね……どうしよう……うう、でも、気になる……)

中を見るか見まいか、玲華が葛藤《かっとう》していると、麻里が軽くため息を吐いて言った。

「さっきも言いましたが、こちらについては社内や取引先からの評判程度で、個人情報については集めていません――言えば、噂の域を超えるようなものではありません」

「そ、そう……」

それでも玲華が目を通すか躊躇《ためら》っていると、麻里が仕方ないというように口を開いた。

「これは、独り言なんですが――」

玲華が怪訝《けげん》に目を上げると、麻里は淡々と話し始めた。

「社内上層部からですが、彼の評判は最低でしたね。なんでも、碌に言うことをきかない。年上を敬わない、反抗的な態度だとか」

迷う玲華に気を使ったのか、麻里が独り言として語り始めるのに玲華は思わず耳を傾けてしまった。

「――ですが、無能、パワハラと言い換えてもいいような連中がそう言っている訳ですから、寧《むし》ろ好感を覚えますね。そして、反対的に取引先ですが、彼と仕事をした人は皆褒めていますね」

「――!」

「若い割りにしっかり丁寧に仕事をする、今時珍しいほどに義理堅い男、彼がいなければ今の会社はとっくに回らず潰れてるんじゃないか、冗談もわかるしなかなかお茶目で面白い男だ――などと、社外からは概《おおむ》ね好意見ばかりが目立ちました」

「へ、へーえ……？」

玲華は自分の頬が緩むのを止められなかった。

「そして社内の、上層部以外からの評判ですが――こちらも好意見ですね。多分、あいつがいるからまだ誰も死んでない。よくスカッとさせてもらってる。あいつの筋肉は大したものだ。あいつが頑張ってるからこっちも頑張ってる――人望がかなりあるようですね」

「ふっふーん」

玲華は知らずの内にニコニコして聞いていた。

麻里は少し呆れた目をしたが、突っ込まずに続ける。

「そして――社長が代替わりした時に、辞めていった者達ですね。彼の元先輩達からですが、こう言ってました。義理堅いあいつのことだから、拾ってもらった恩を返したと思うまでは頑張るつもりなんだろう。一緒にさっさと辞めればよかったのに――あいつなら、多分どこに行っても上手《うま》くやるだろうに。筋肉について語らせるとアレだが、いいやつなのは間違いない――と、とにかく、同僚や共に仕事をした人達からは好感が強いようです」

「そっか」

玲華は自覚なくニッコニッコとして、機嫌の良さを隠せない。

麻里は呆れの目を険しく変化させると、少しトーンダウンして続ける。

「あと、これは調べている内に自然と入った情報なんですが……」

「……なに？」

麻里の雰囲気が変わって、玲華は眉をひそめる。

「社長が代わった時にですが、彼——大樹くんの給料、高卒だからという理由で大幅に下げられてます」

「——なっ」

「対外的には別の理由のようですが、それも建前であり、加えて言いがかりのようなもののようです。更に残業代も碌に出ていないようなので、生活はけっこうギリギリではないか、と」

「じ、自分のところの社員を一体何だと……」

玲華は思わず歯噛《はが》みして唸った。一経営者として到底許し難く信じられないことだった。

（そういえばジム辞めたって言ってたけど……原因は時間だけじゃ無かったってことか。可哀《かわい》想《そう》……）

頭を抱えながら玲華は大樹の境遇に同情し、そして大樹と一緒にいる時は、極力お金を出させないようにしようと決心した。

麻里はため息を吐くと、慎重に口を開いた。

「——それで、どうされるんですか、社長？」

その問いに玲華はゆっくりと顔を上げる。

「どうするって――何が？」

「大樹くんのことですよ。我が社に入れるというなら、反対をするどころか、優秀な人物のようですから、積極的に賛成します。コネ入社になりますが、大樹くんなら問題なくやっていけるだけに留《とど》まらず、すぐ頭角を――」

「ちょっとちょっと――大樹くんから、そんなこと一言だって話に出てないのよ⁉」

「――ええ。信じ難いですが、そうなんでしょうね。あんな会社に身を置いて、この会社の社長をしている先輩と知り合って親しくして――なのに、そういった話を一言もしてないなんて……正直、尊敬できます」

首を振りつつ、しみじみと言う麻里のそれは本心に見えた。

「――私もね、前に会った時にそういったこと、もしかしたら言われるかなって思ってたんだけど、大樹くんね、すごいのよ。後輩達が転職活動始めて、受ける会社を決めた時に、社名からその時にわかる範囲でいいから知ってることがあれば教えてほしい、ってね。自分のことじゃないの、あんな会社にいながら、後輩達の身を案じているのよ？」

思い出しながら話して、玲華は苦笑する。

頼られたのは素直に嬉しかった。だが、もっと頼られたかったというのが、その時の玲華の心情である。

「それは――ますます尊敬できますね」

「ええ――でも、私としてはちょっと不満だけどね。もっと頼ってくれていいのにって……それに心配になってくるわ。今の状況で、自分より他人を優先している大樹くんを見ていると……だから、次に大樹くんが何かお願いしてきたら、それには全力で応えたいと思ってるわ」

断固とした意思を持って告げると、麻里が珍しくクスリと零した。

「相変わらずですね、先輩は」

「なに、またポンコツなんて言わないでしょうね？」

「それはただ本当のことですが……」

「違うってんでしょうが‼」

玲華の抗議の声を無視して、麻里は続ける。

「ふふ……そんな先輩だから、私達は先輩の下で団結できたんでしょうね」

怒っていた玲華は、どうやら褒めてくれているようだと理解して、ひとまず怒りを静めた。

「んー、会社立ち上げた時のこと？」

「ええ。ああも個性の強い面子《メンツ》をよく纏められたもんです」

「そうかな？　みんな良い子じゃない」

「あの面子を揃えて、その一言で済ませられるのは先輩ぐらいのものですよ」

「そうかなー？って、その面子に麻里ちゃんも入ってるのよ、わかってる？」

「ええ、わかってますよ——話を戻しますが、大樹くんが入社を希望するなら、私は賛成しますよ」

その後にボソッと「それに面白そうですし」と呟《つぶや》いたのは玲華の耳には届かなかった。

「あ、うん。それなんだけどね……」

前に大樹の話を聞いてから、玲華は考えていたことがあった。

「麻里ちゃん、前に秘書課に人手欲しいって言ってたわよね？」

「ええ、言ってましたが――まさか、大樹くんを秘書にしたいんですか？　うちの秘書課はまだ男性は入れてませんよ？　それに私の分析では彼は秘書というよりリーダータイ――」

「違う違う、大樹くんの後輩よ」

「――後輩ですか？」

「ええ。大樹くんが太鼓判を押して優秀だって言ってる子が後輩にいるみたいなのよね」

「へえ。大樹くんがそう……彼の後輩だと、職歴短いんじゃありませんか？」

「ええ。二年に満たないそうだけど、そんなの関係ない言いっぷりだったわ。そして大樹くんが言うには、その子の資質は副官ですって。だから大きなプロジェクトのサブリーダーや――」

その玲華の言葉の続きを、麻里が言った。

「――秘書、ですか」

「ええ――興味ない？」

「ありますね。資質はともかく、優秀であるなら是非、歓迎したいです」

「そうね――まあ、あくまでも大樹くんがこの話に乗って、後輩もその気になってからの話だけど」

「――では、先輩から誘いを持ちかけるんですか？」

「うーん、そうするしかないかなーって。大樹くん、必要以上に私に頼ろうって気が無さそうっていうか、遠慮してるっていうか……」

「まあ、自分自身ならともかく、後輩の世話なんて頼み辛いのは確かですね」

納得したような麻里に、玲華は苦笑する。

「それに私から話しても、その後輩の子がその気にならないとだし……それに、どうせなら、大樹くんの他の後輩二人も入れたいのよね。この二人も、すごく頑張ってくれそうだし」

「他に二人、ですか？　その二人も優秀なんですか？」

「聞いた印象だと、特別優秀って感じでも無かったけど、大樹くんが手塩にかけて面倒見てきて、その上ブラックで長時間勤務経験してるから、経歴より経験濃そう。あと、人柄も申し分ないみたい。大樹くんがすごく可愛がってるみたいなのよね。さっき言った子と合わせて三人とも」

「へえ？　それなら希望する仕事さえ合致するなら問題ないんじゃないですか？　中途採用で下手な人迎えるよりよほどいいですよ。今はどこの部署も人手欲しがってますし」

「そう……じゃあ、仮に三人ともが希望してくれたらだけど、入れても問題無い？」

「ええ、問題ありません」

「ん、そっか。でも、いきなり大樹くんに話しても戸惑うだろうから、時機見て誘いかけてみるわね」

「……すぐに勧誘するのでは無いのですか？」

「ええ、だってまだ頼まれた企業を調べることすらやってない段階じゃない。それなのに、いきなり後輩の面倒見ようかなんて言ったら、大樹くんのことだから遠慮が先に来そう。最終的には頷くかもしれないけど、無理に進めて大樹くんに、ずっと遠慮の気持ち抱えてもらいたくないわ。後輩の子達だって、そんな大樹くんから紹介されたくないと思うだろうし。それに後輩の子達が本格的に転職活動始めた今、行きたくなった企業とか見つかったかもしれないし、見つけようと思ってるかもしれないじゃない？　そこに応募もせずに、大樹くんからうちに紹介されたら不完全燃焼だったり、後悔とか残るかもしれないじゃない？　結局はその子達が行きたくなったとこに行けるのがベストだとは思うし。だから少し様子見てからかな」

「……なるほど。了解しました。後輩の子は興味深いですが、そうですね。行きたいと思ったところに行けるのが一番ですね」

「そうね。でもその子に関しても、転職活動がどうなってるかは大樹くんが教えてくれるだろうし、どうしても行きたいなんて話でもなければ、その時勧誘すればいい話よ。そうであれば、大樹くんもそこまで遠慮しないだろうし」

「……確かに。そうですね」

　ホッと思わず玲華が安堵の息を吐くと、麻里がそっと聞いてきた。

「一つ聞きたいんですが、先輩」

「なに？」

「優秀だと聞いた子以外の二人を入れたいと言うのは、同情からですか……？」

その問いに玲華は苦笑を浮かべずにはいられなかった。

「まったく無いとは言い切れないかな……もちろん入ってもらったのなら、贔屓《ひいき》することなくしっかり頑張ってもらうつもりだけど。一番は、さっき麻里ちゃんが言ったように下手な人を中途採用で迎えるよりいいと思ったからよ」

「……そうですか」

「それに、この三人が転職先決めないと、多分、大樹くんは——っ！　あ、今の無し。何でもないから！」

玲華が手を振って取り繕うが、もう遅かった。

「——なるほど。一番はやはり大樹くんのためだったんですね」

ギクリとしながら、玲華は麻里から目を逸《そ》らした。

「そ、そんなことない——けど？」

そんな玲華を麻里は鼻で笑う。

「——ふっ、先ほどまでの会話を分析したら、先輩が隠そうとしてることなんてお見通しですよ。つまり、大樹くんは可愛がっている後輩が今のブラック企業を抜けるまでは、自分の転職を考えてないということなんでしょう？　そんな大樹くんに一刻も早く転職をしてもらうために、後輩三人を手っ取り早く自分の会社に入れる。優秀だし、頑張ってくれそうだからというのもある。そして大樹くんは安心して今の会社を辞められるようになる。正に一石三鳥——いえ、まだあります！　大樹くんが今の会社を辞めたら、先輩が構ってもらえる時間も増える！　更に後輩が入ったからついでとばかりに大樹くんも勧誘できる可能性が高まる。仕事で活躍してもらうのは言うに及ばず、こっそり社内でオフィスラブも楽しめるし、帰り道も同じ方向だから帰宅デートもできる――なんてことですか、一見ただの同情かと思えば、私情だらけじゃないですか」

ガクガク震えながら聞いていた玲華の前で、おそれいったとばかりに麻里がしみじみと首を横に振っている。

玲華は気力を振り絞って、声を上げた。

「ちょ――ちょっと待って！　そんな、オフィスラブとかまでは考えてない――‼」

「――では、その手前までは考えていたということですね？　それでも私情たっぷりですね。大樹くんが一番なのにも変わりありませんね。変な人を迎えるよりいいと思ったのが一番だなんて――よく言えたものですね」

「ううっ――麻里ちゃん、怖いよう……」

味方だと頼もしいが、敵――という訳でもないが――に回すとこうも恐ろしいとはと、玲華は本気で思った。

「まあ、社長やってるんですから、これぐらいの強《したた》かさも無いとダメですか……最初に言っていたのが建前であっても十分な理由にはなってますしね」

褒めてくる気配を見せて、玲華はホッとする――のも束《つか》の間《ま》。

「ですが、これだけ考えておいて大樹くんへのアプローチがお粗末に過ぎますね」

「うっ――」

「さあ、今晩の幹部会議で週末にどう距離を縮めるかの話し合いがありますから、キッチリ対策を決めましょうね」

「えっ⁉　聞いてないわよ⁉」

驚く玲華に、麻里はしれっと答える。

「さっき決まりましたから」

「い、いいわ、私は！　皆で楽しんできて‼」

腰が引けた様子で拒否する玲華に、麻里が呆れたような目を向ける。

「何言ってるんですか、酒の肴――主役の人が」

「言い直した意味あるの、それ――⁉」

二人の言い合いは社長室の前を通りがかった者が怪訝に思う程度に響いた。

そして結局、玲華は幹部会議《居酒屋》に連れていかれたのであった。

――結果を言えば、散々おちょくられた玲華であったが、実になるアドバイスを授けられたのも確かで、全面的に文句を言えないことに悩む玲華であった。

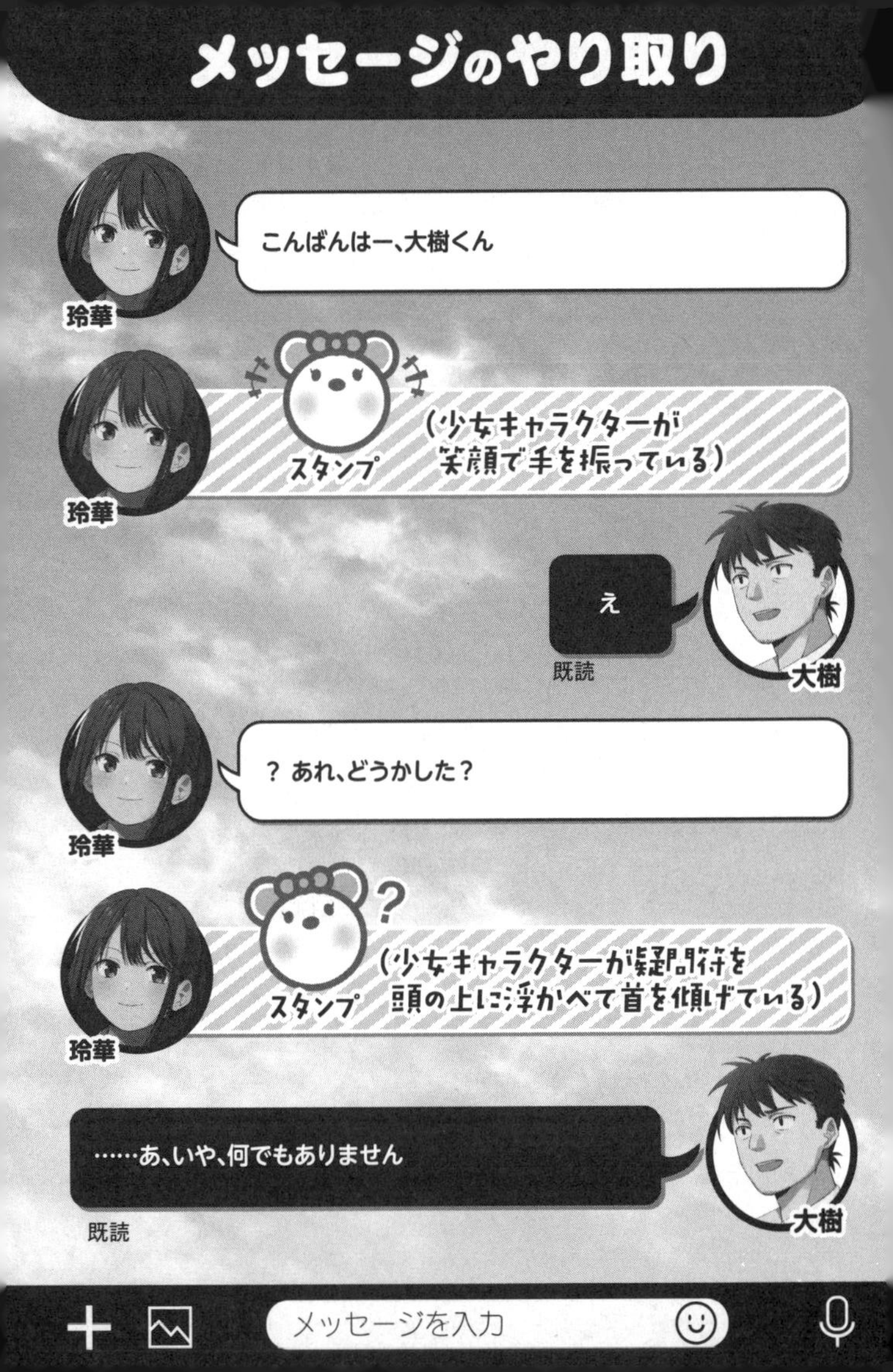
メッセージのやり取り
玲華
こんばんはー、大樹くん
玲華
スタンプ
(少女キャラクターが笑顔で手を振っている)
え
既読
大樹
玲華
? あれ、どうかした?
玲華
?
スタンプ
(少女キャラクターが疑問符を頭の上に浮かべて首を傾げている)
……あ、いや、何でもありません
既読
大樹
メッセージを入力

(おっさんクマがペコりと会釈している)
スタンプ
既読
大樹
え、本当に何でも無いの？ 大樹くん
玲華
(少女キャラクターが「本当に？」と問い詰めてきている)
スタンプ
玲華
ええ、何でもありませんとも
既読
大樹
(おっさんクマが歯をキラッとさせた顔でサムズアップしている)
スタンプ
既読
大樹
メッセージを入力

玲華
そう……？
玲華
なら、いいんだけど
玲華
スタンプ
（少女キャラクターが素朴な顔をしている）
ええ、何もありませんよ
既読
大樹
（おっさんクマが渋い顔でうなずいている）
スタンプ
既読
大樹
玲華
そっか。それで、明後日の日曜なんだけど
メッセージを入力

ああ、大丈夫です。いけますよ
既読
大樹
（おっさんクマが歯をキラッとさせた顔でサムズアップしている）スタンプ
既読
大樹
うん♡
玲華
スタンプ　（少女キャラクターが目をハートにして両手を祈るように組んでいる）
玲華
あ、じゃなくてね！
玲華
バタバタ
スタンプ　（少女キャラクターが手をバタバタと振っている）
玲華
メッセージを入力

玲華
日曜は大樹くん、また昼頃からくる予定？
玲華
スタンプ
（少女キャラクターが疑問符を頭の上に浮かべて首を傾げている）
大樹
ええ、そのつもりですが
既読
大樹
スタンプ
（おっさんクマが疑問符を頭に浮かべている）
既読
玲華
そっか。それってゆっくり寝たいってだけでなくて、家で何か用事あったりする？
大樹
いえ……？　特に何かある訳でもないですが
既読
メッセージを入力

玲華
あ、じゃあね、土曜の夜に来ない？ 仕事終わって直接さ
大樹
？ ……と言うと？
既読
大樹
（おっさんクマが困惑している）スタンプ
既読
玲華
うん、日曜に来て夜に夜景見ながらの露天風呂入ってから帰ると遅くなるじゃない？ だからもう前日の夜に来て、お風呂入ってけばってこと
玲華
（少女キャラクターが閃いた顔をしている）スタンプ
大樹
え
既読
メッセージを入力

大樹

（おっさんクマの目が点になっている）スタンプ

既読

大樹

えーと、それはつまり……？

既読

玲華

あ、うん。そのまま泊まってく？ って話なんだけど。
ゆっくりお湯に浸かってそのまま寝た方が大樹くんも
疲れとれるでしょ？ あ、ちゃんとお布団も用意してるから

玲華

スタンプ（少女キャラクターが
ドヤ顔をしている）

玲華

あ、だからって朝に起きろなんて言わないわよ？
ゆっくり昼まで寝たいだけ寝たらいいから！

玲華

バタバタ

スタンプ（少女キャラクターが手を
バタバタと振っている）

メッセージを入力

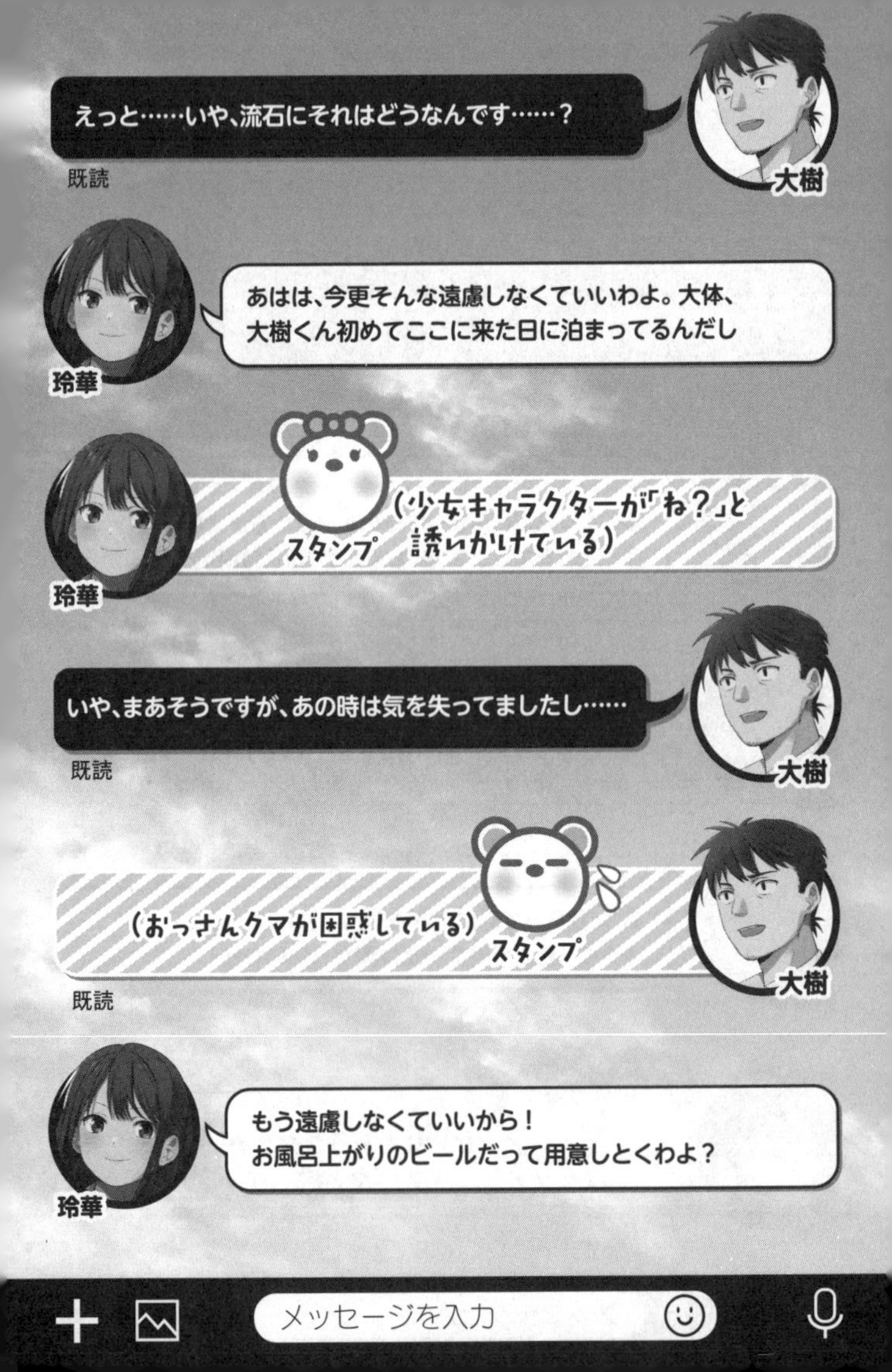
えっと……いや、流石にそれはどうなんです……？
既読
大樹
あはは、今更そんな遠慮しなくていいわよ。大体、大樹くん初めてここに来た日に泊まってるんだし
玲華
（少女キャラクターが「ね？」と誘いかけている）
スタンプ
玲華
いや、まあそうですが、あの時は気を失ってましたし……
既読
大樹
（おっさんクマが困惑している）
スタンプ
既読
大樹
もう遠慮しなくていいから！
お風呂上がりのビールだって用意しとくわよ？
玲華
メッセージを入力

玲華
スタンプ
（少女キャラクターがグラスを持って乾杯している）
大樹
そ、そこまで言うのでしたら……では、
お邪魔させていただきます
既読
大樹
スタンプ
（おっさんクマがペコペコしている）
既読
玲華
はーい、じゃあ土曜の夜ね。
遅くなっても気にせず来てね♡
玲華
前よりゆっくりできるね♡
玲華
スタンプ
（少女キャラクターが目をハートにして両手を祈るように組んでいる）
メッセージを入力

大樹
そ、そうですね……
既読
大樹
じゃあ、着替え持って行った方がいいですね
既読
大樹
（おっさんクマが思案顔で腕を組んでいる）スタンプ
既読
玲華
あ、そっちも用意しておくわよ？
玲華
スタンプ（少女キャラクターが「任せて」とサムズアップしている）
大樹
え、どういうことでしょう
既読
メッセージを入力

（おっさんクマが困惑している）
スタンプ
大樹
既読
あれ、大樹くん、私の会社がどういう系か知らない？
忘れてる？
玲華
スタンプ
（少女キャラクターが「ニシシ」と笑ってる）
玲華
あ
既読
大樹
そういえば、アパレル系でしたね
既読
大樹
そうよー。宣材で使ったやつとか腐るほど倉庫にあるし、
そこから用意しておくから気にしないで、手ぶらで来てね♡
玲華
メッセージを入力

スタンプ
（少女キャラクターが「任せて」とサムズアップしている）
玲華
え、いいんですか。そんなの使っちゃって
既読
大樹
私は社長よー？ それに、その倉庫にあるものは定期的に
社員に好きなの持って帰らせてるんだし、何も問題ないわよ
玲華
スタンプ
（少女キャラクターがドヤ顔をしている）
玲華
そうなんですか……では、お言葉に甘えましょうかね
既読
大樹
（おっさんクマがペコリと会釈している）
スタンプ
既読
大樹
メッセージを入力

玲華
はーい
玲華
スタンプ
（少女キャラが「私に任せて！」と胸を叩いている）
大樹
そういえば、日曜に食べたいものは決まりましたか？
既読
玲華
あ、それね。ハンバーグ食べたいな♡
玲華
スタンプ
（少女キャラが顔を赤らめてモジモジしている）
大樹
ふむ、ハンバーグですか。任されましょう
既読
メッセージを入力

(おっさんクマが「任せとけ！」とサムズアップしている)
スタンプ
大樹
既読
やったー！　お家で美味しいハンバーグ！
玲華
(少女キャラクターが浮かれたようにスキップしている)
スタンプ
玲華
洋食屋の代表メニューみたいなもんですね
大樹
既読
(おっさんクマが自信ありげに「ふっふっふ」と腕を組んでいる)
スタンプ
大樹
既読
やっぱり自信あり？
玲華
メッセージを入力

(少女キャラクターが興奮した顔でドキドキと胸を高鳴らせている)
スタンプ
玲華
それはもう
既読
大樹
(おっさんクマが自信ありげに「ふっふっふ」と腕を組んでいる)スタンプ
既読
大樹
♪
(少女キャラクターが浮かれたようにスキップしている)
スタンプ
玲華
一緒に食べるのはパンにしますか、ライスにしますか？
パンは流石に買いますが
既読
大樹
えーっと、どうしよっかな
玲華
メッセージを入力

ソワソワ
スタンプ
（少女キャラクターがソワソワとしている）
玲華
家で食べるんですから、どっちかでなくとも両方という手もありますから買い物の時にパンもお願いしましょうか
既読
大樹
！
玲華
スタンプ
（少女キャラクターが「その手があったか」と目を丸くしている）
玲華
（おっさんクマがドヤ顔で「ふっ」としている）
スタンプ
既読
大樹
うん、じゃあパンも買おう！
玲華
メッセージを入力

玲華
スタンプ
（少女キャラクターが浮かれたようにスキップしている）
大樹
ですね。でもパンなら当日に買いに行った方がいいかもしれませんね。よく考えたら
既読
大樹
スタンプ
（おっさんクマが思案顔で腕を組んでいる）
既読
玲華
あ、じゃあさ、昼過ぎに一緒に外に出よっか
大樹
そうですね。夕飯前までに軽く出かけましょうか
既読
玲華
うん♡
メッセージを入力

玲華
スタンプ
♪
（少女キャラクターが浮かれたように
スキップしている）
そういや、近くで美味いパン屋さんとか知ってますか？
既読
大樹
近くかー、どうだったかな……
玲華
スタンプ
うんうん
（少女キャラクターが思案顔で
うんうんうなっている）
玲華
まあ、どこかしらあるでしょう
既読
大樹
メッセージを入力

そうね……あ、そうだ。ちょっとパン屋さん以外にも出かけない？ 行きたいとこあるの
玲華
スタンプ
（少女キャラクターが手を合わせてお願いしている）
玲華
構いませんが、どこへ？
既読
大樹
？
スタンプ
（おっさんクマが疑問符を頭に浮かべている）
既読
大樹
あ、それは土曜に来た時に話すのでいい？
玲華
メッセージを入力

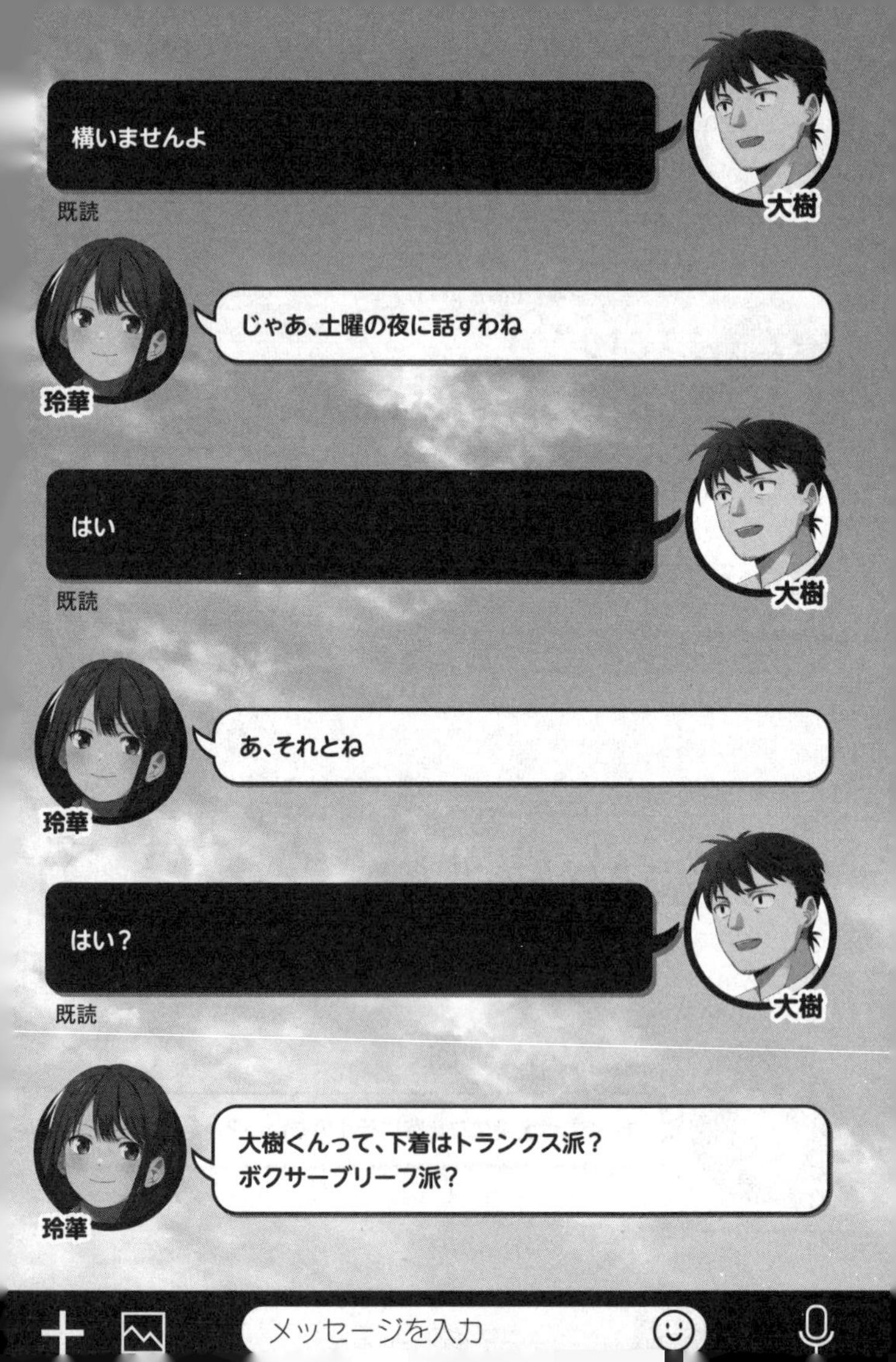
構いませんよ
大樹
既読
じゃあ、土曜の夜に話すわね
玲華
はい
大樹
既読
あ、それとね
玲華
はい？
大樹
既読
大樹くんって、下着はトランクス派？
ボクサーブリーフ派？
玲華
メッセージを入力

第五話　後になってこの時に落とされたと彼は語った

「気を使ったりして何か買ったりせず、真っ直《ます》ぐ手ぶらで来て、か……」

大樹は仕事を終えて、駅からの帰り道を歩きながら呟いた。

それを言った玲華が住む高層マンションは既に目に入っている。

と言うより、駅を降りて少し歩けばすぐに見える。何せ高いからだ。

「いくら、アパレル系でもある会社だからって、着替え全て任せるのはどうなんだ……？」

心中の複雑さを吐き出すように、ため息も漏らす。だが、苦笑気味にだ。

玲華は大樹の風呂を上がってから寝るまでのためのラフな服に、明日出かける時に着る服も一式会社から持ってくると言い張り、遠慮しようとしたが、大樹は結局それに甘えることになった。

「まあ、会社に転がってるやつだって言ってたしな……そう大したものじゃない……だろ」

大樹は自分でもあまり思っていないことを敢《あ》えて呟いた。自分に言い聞かせるように。

そうこうしてる内に、マンションのエントランスの正面玄関に着く。

『いらっしゃいませ、柳様』

そんな鐘巻《かねまき》の声が、扉横のスピーカーから聞こえてきて、同時に扉が開く。

思わず苦笑を浮かべて、大樹は中へ入る。

そして前に来た時と同じようにカードキーを渡されて、エレベーターへ促された。

前回と違うのは説明が簡略化されていたことともう一つ、カードキーの効果が今日と明日の二日間あるということだった。

そしてエレベーターを降りて、長い廊下を歩き、玲華の部屋のインターホンを鳴らす。

するとそれが鳴り終わる前には、扉が開かれた。

「いらっしゃーい」

輝くような笑顔で玲華に迎えられて、大樹は胸が高鳴ると同時に、どこかホッとするような矛盾を感じてしまった。

「こんばんは」

大樹は会釈しながら告げると、招かれるまま足を進めて、扉を潜る。そこで今日の玲華の全容がようやく見えるようになる。

紺のノースリーブのワンピースを着て、黒く艶やかな長い髪は背に垂らしている。

家の中で見る時はいつもノースリーブなのは、部屋の温度が常に快適に設定されているからだろうか、楽そうだからか。単に好みの問題か。

何にせよ麗しいことに変わりなく、そして今日も玲華は美人だった。

「ええ、こんばんは。そして、お疲れ様。さあ、靴脱いで入って？」

「はい——お邪魔します」

ネクタイを緩めながら靴を脱いで上がったところで、玲華が気づいたような顔になる。

「そういえば、大樹くんは、仕事終えて帰ってきたとこなのよね？」

「え——あ、は、はい」

ＲＩＮＥでメッセージをやり取りした時と同じように名前で呼ばれて驚きながら、大樹は今更なことに頷く。すると、玲華は少しおかしそうに微笑すると、ふんわりと言った。

「じゃあ、ここは『いらっしゃい』じゃなくて——おかえり、かな？　おかえり、大樹くん」

その言葉を受けて大樹は何故だか、呆けてしまった。

「——大樹くん？」

小首を傾げる玲華に、大樹はハッとして声を返す。

「あ、は、はい。どうも——」

すると玲華は軽く噴き出した。

「もう。違うでしょ？　こっちはおかえりって言ってるんだから——」

そう促されても半ば呆けていた大樹には何と返すべきなのかわからなかったが、悪戯《いたずら》っぽい笑顔を向けてくる玲華を見て、次第に冷静になり、そして返す言葉がわかって苦笑する。

「はい——ただいま」

「ええ、おかえり‼」

◇◆◇◆◇◆◇

——後になって大樹は述懐する。玲華に完全に落とされてしまったのは、この時——「おかえり」と声をかけられた時だったのではないかと。

◇◆◇◆◇◆◇

「ねえ、頼まれてた通りにお米だけ炊いといたけど、それ晩ご飯にするの？　何か作るの？」

大樹から預かったジャケットとネクタイをハンガーにかけながら聞いてくる玲華に、大樹は首を横に振る。

「いえ、こんな時間ですからね。ご飯と何かで簡単に食べようかと思いまして」

「そっか。疲れてるもんね。お昼から何も食べてないの？」

「ええ。さっさと終わらせようと集中してたらいつの間にか時間経《た》ってまして。帰る時になって腹が減ってることに気づいたんですよ」

「あ、だから、一時間前にお米炊いてって言ってきたんだ」

大樹の会社からここまで一時間かからないほどだ。玲華がそれを知ってる訳ではないが、そういうことなのだろうと察したのだろう。

「ええ。ご飯以外に何かもらっても構いませんか？」

「もう、そんなの一々聞かなくてもいいわよ。家にあるのなら何でも好きに使って」

「ありがとうございます」

礼を返して大樹は勝手知ったる台所と冷蔵庫の中を確認し、次によく玲華がお菓子やらインスタントやらを引っ張り出す納戸の中にも目を通した。

「――お、この塩昆布もらいますね。あ、この煎餅《せんべい》も」

大樹が手にとってかざすと、玲華は目をパチパチと瞬かせた。

「え、うん、いいけど――塩昆布に煎餅が一枚だけ……？　え、煎餅食べるなら何も一枚だけでなくてもいいと思うんだけど……」

煎餅はよくスーパーやドラッグストアで見るような、醤油《しょうゆ》煎餅が個別包装されて大きな袋に入っているやつだ。その内の一枚だけを手にとっているから、玲華はそのように言っているのだ。

「煎餅はそのまま食べる訳じゃないですからね。一枚でいいんですよ」

大樹は悪戯っぽく笑いながら断ると、茶碗《ちゃわん》に白米を盛り、冷蔵庫から生卵を取り出した。そして醤油はかき醤油があったので、それを使うことにする。

それらをテーブルに並べると、玲華の顔に理解の色が浮かぶ。

「あ、卵かけご飯するの？　かき醤油でやると美味《おい》しいよね」

白米、生卵、醤油を見たからそのように言ったのだろうが、その後に疑問形になったのは、煎餅と塩昆布も目に入っているからだろう。

「ええ――あ、ごま油もいるな、と」

ごま油も持って来て並べると、玲華が納得したように頷く。

「あ、ごま油かけるのも美味しいよね」

「ええ。流石、卵かけご飯をよく食べてるだけありますね」

玲華の卵の用途が卵かけご飯オンリーと知っての言葉である。

「ふっふーん」

得意気に笑う玲華に大樹は苦笑すると、ご飯の上で卵を割る。

そして醤油をかけてかき混ぜる。この前に気になる人は白い塊——カラザをとるのだろうが、これが体に良いものだと知ってからは大樹は自分が食べるのに関しては取り除くのをやめたのである。

「……ごま油はかけないの？」

大樹がまだ醤油しか入れてないことに玲華は疑問を持ったようだ。

「ええ。それは二杯目に入れます。一杯じゃとても足りませんからね」

「あ、そっか。そうだよね、大樹くん、私よりよっぽど体大きいもんね」

そろそろ突っ込んだ方がいいのだろうかと大樹は思ったが、今は食べることを優先することにした。かき混ぜる手を止め、次に大樹は醤油煎餅を手にとり、それを自慢の握力で握り潰した。

「——え？　ちょ、ちょっと何してるのよ⁉」

目を丸くする玲華の前で大樹は簡単に潰し、小さな塊でいっぱいになった煎餅の袋を開け、それを卵かけご飯の上に乗せたのである。

「ええ!?　お煎餅を卵かけご飯にかけちゃうの!?」

「ええ。いけるんですよ、これが——いただきます」

少しかき混ぜながら答えて、大樹は手を合わせた。

固唾《かたず》を飲んで目を向けてくる玲華の前で、一口分を掬《すく》って、口に入れる。

かき醤油で甘く感じる卵かけご飯はそのままに、そこに煎餅の食感が加わるのである。

大樹が口を動かすと、ボリボリと煎餅が砕かれる音がリビングに響く。

その音が響く毎《ごと》に、玲華の目が食い入るようになっていく。

味に問題ないことを確認できた大樹は、茶碗を口につけてカッカッカと箸で音を鳴らしながら中身をかきこんだ。

更にボリボリと煎餅が砕けていく音が響き、ついに玲華の喉がゴクリと鳴る。

「お、美味しそうね……ねえ、美味しい？」

「美味《うま》くなけりゃ、ワザワザやりませんよ」

飲み下すと、苦笑しながら大樹は答えて続ける。

「確かに卵かけご飯に煎餅って考えると、『え？』ってなるかもしれませんが、いいですか、煎餅の材料は何か思い出してくださいよ」

「え？　煎餅の材料って——あ！　お米!?」

「ええ——って言っても、米がメインでない煎餅もいっぱいありますが、日本人からすると、煎餅には米を感じさせるところがあります。そしてこの煎餅は醤油煎餅で、つまりは——」

「醤油で食べる卵かけご飯に混ざっても、違和感ないってこと……？」

「ええ。だけでなく、相性としても良いと言ってもいいでしょう」

「な、なるほど……」

納得しながら再び喉をゴクリと鳴らし、大樹の手元を凝視してくる玲華。

「……ええと、食べたいなら食べてもいいんじゃ……？」

少々、食べ辛く感じてきた大樹がそう言ってみると、玲華が悔しそうに口を開く。

「こんな時間に食べたら太るじゃない――!!」

「そ、そうですか……いや、失礼しました」

ならば今は諦めるしかないのではと思った大樹が、食事を再開しようとすると、対面に座っていた玲華が隣の席に移動してきて、モジモジしながら言った。

「だ、だから、一口だけ、ちょうだい――？」

そして期待に目を輝かせながら口を開けて待機する。餌《えさ》が来るのを待つ雛鳥《ひなどり》のようだ。

大樹は一瞬呆けてしまった。本日二度目である。

（くそっ――！　可愛いかよ）

なんとか平静を装うことに成功した大樹は、一口分、ちゃんと煎餅のかけらが入っているのを確認したそれを、玲華の口に入れてやる。

（……卵かけご飯を人に食べさせるなんて、なかなか無いな……）

もちろん、大樹にとって初めての経験で、恐らくは食べさせてもらってる玲華も初めてでは

ないだろうか。

その玲華は口に入れてもらったその一口を慎重に咀嚼《そしゃく》する。大樹と同じくボリボリと音が響く。

噛み進める毎に、玲華の目が驚きに見開かれていく。

「──お、美味しい！　煎餅入れただけなのに、美味しいのね、これ‼」

「でしょ？」

大樹は得意気に笑うと、再び茶碗を口につけて、一気に残りをかきこんでいく。

「あ、ああ……」

その様子を玲華が名残惜しそうに眺めている。どうやらまだ食べたかったようだが、一口だけと言ったのは玲華である。

苦笑しつつ大樹は一杯目を食べ切った。

「──っはあ。うん、美味い。夜食にもいいですよね、卵かけご飯って」

「うん……そうね……」

少し拗《す》ねたような玲華が相槌を打つのを横目に、大樹は二杯目にとりかかる。

新たに盛ったご飯に今度は塩昆布をかけ、そしてそれを混ぜる。ご飯の中で蒸らした方がいいためだ。

「今度は塩昆布を使うのね……？　それもやっぱり美味しいのよね……？」

「ええ。まあ、見ててくださいよ。簡単ですから」

興味深そうに手元を覗き込んでくる玲華の前で、大樹は次にごま油を軽くかけて、その上で卵を割って、かき混ぜる。これに醤油はかけない。

「ねえ、さっきも気になってたんだけど、黄身にくっついている白いのとらないのね？」

「ええ。実はこれは体に良いものでしてね。よほど気に入らないってことがなければ、食べた方がいいんですよ」

「え、そうなの⁉」

「ええ。免疫力の向上に、美肌効果が代表的なものですね」

「こ、これに美肌効果があったなんて……！」

ワナワナと震える玲華に、大樹は苦笑する。

「まあ、量的には知れてますからね。そう気にする必要もないですよ」

「で、でも今まで捨ててきた量を考えたら……」

ガックリと項垂《うなだ》れる玲華を横目に、大樹は苦笑を深めつつ混ぜ終えた卵かけご飯を一口食べる。

醤油をかけてないのにもかかわらずしっかり味を感じるのは、塩昆布の塩気があるからだ。そこにごま油の風味が加わり、更に塩昆布そのものの旨味《うまみ》がこれでもかと存在を主張をする。

「うむ――やっぱり、これが一番かもな……」

卵かけご飯の食べ方では、大樹はこれが一番好きである。

続いて茶碗を口につけてカッカッカと食べ進める――のを、玲華がそれはもう目を爛々《らんらん》とさせながら見ている。

「──だ、大樹くん、大樹くん……！」

我慢できないと言わんばかりに大樹の腕を掴《つか》んで揺さぶってくる玲華。

「──なんですか？」

大樹は空惚《そらとぼ》けながら聞き返す。

「ひ、一口！　一口ちょうだい‼」

言ってから口をパクパクと開け閉めする玲華に、大樹は一瞬悪戯心が湧いたが、玲華の必死さから後が怖くなってやめておいた。

大樹は先ほどと同じように、一口分を掬って玲華に食べさせてやる。

そして咀嚼して、先ほど以上に驚き目を見開く玲華。

「こ、これ──‼　滅茶苦茶《めちゃくちゃ》美味しい‼」

「でしょう？　俺の一番お気に入りの食べ方ですよ」

「こ、こんなに美味しい食べ方があったなんて……！　今まですごく損してた気分！」

歯噛みして悔しそうにする玲華に苦笑し、大樹は茶碗を口につけて、残りを一気にかきこんでいく。

「ああ……」

玲華は手を伸ばしかねないほど、名残惜しそうに空になっていく茶碗を眺めていた。

「──ふう。いや、いつでも食べれるでしょ、こんなの」

二杯目を平らげた大樹が突っ込みがてら言うと、玲華は拗ねたように唇を尖らせた。

「そうは言ってもね。そんなに美味しそうに食べてるの見たら食べたくなっちゃうの！　でも、こんな時間にお茶碗一杯なんて食べたら太っちゃうし——もう！」

玲華が苛立ちをぶつけるように、大樹の腕をペシンと叩く。

「はは、それはすみませんね——じゃあ、三杯目っと」

「ま、まだ私に食べるところを見せつける気なの⁉」

玲華が恐れ慄《おのの》いた顔で叫ぶのを聞いて、大樹は思わず噴き出したのであった。

◇◆◇◆◇◆◇

「ふう——ごちそうさまでした」

「はーい……」

三杯目を食べ終えた大樹が満足しながら手を合わせると、玲華が不貞腐れた顔で返事をした。

その声を聞いて、大樹は苦笑を浮かべずにいられなかった。

「いや、だからいつでも食べれるものじゃないですか」

「だーかーらー！　食べたい時に、目の前で見せつけられたのが辛いの！」

「そうは言ってもですね……なんなら明日の朝にでも食べればいいじゃないですか」

「ええ！　大樹くんが寝てる間に食べてやるもんね！」

やけくそ気味に言う玲華に、大樹は苦笑を深める。

「是非、そうしてください。俺は起きるのはゆっくりになると思いますし」

そこで玲華は気づいたような顔になった。

「あ、起きるのは本当にゆっくりでいいからね。無理して早く起きなくていいからね」

「ええ、そうさせてもらいます」

「うん――じゃあ、お風呂入る？」

「ええ、是非」

大樹が前のめりに返事をすると、玲華は噴き出し気味に頷いて、浴室の場所へと先導する。

◇◆◇◆◇◆◇

「あ、そうだ。大樹くん、悪いけど、これ着て入ってくれる？　あ、体洗った後でいいから」

そう言って手渡されたのは、短パンタイプで落ち着いた柄の水着である。

「別にかまいませんが……どうしてか聞いても？」

風呂に水着だと開放感が減るので、気が進まないながらも頷いて大樹は理由を聞いてみる。

すると玲華は得意気にその豊満な胸を張って、悪戯っぽく言うのである。

「ふふーん、露天風呂に浸《つ》かりながら……冷えたお酒飲みたくない？」

「‼」

大樹が目を見開いて驚きを表すと、玲華はウィンクして茶目っ気たっぷりに言った。

「大樹くんがゆっくり浸かり始めたタイミングで持ってきてあげるから。だから、これ着て待ってて？」

つまりは風呂に入っている大樹に玲華が酒を持ってきてくれるから、そのため素っ裸でなく水着を着ていろということである。

「お、おお……テレビや漫画ではよく見かけますが、現実的にはなかなか難しい、あのシチュエーションでの酒ということですか」

「そういうこと。納得した？」

「納得しました。それ着て待ってます」

即座に頷いた大樹に、玲華は微笑んだ。

「うん、じゃあ——私も用意してくるから。さあ、入ってて」

「わかりました」

◇◆◇◆◇◆◇

そんな訳で大樹は水着を持って中に入ると、体を洗ってから水着を着て湯船に入ったのである。

「ああああぁー……」

少しばかり水着が鬱陶しく感じるが、やはり露天風呂は最高であった。その上――

「すげえな、この夜景……」

前に玲華と一緒に見たが、温かい湯に浸かりながらの夜景はまた一味違うように感じた。

と言うよりも、前回夜景を見た時は夜景以上に綺麗だと思わされた存在が隣にいたので、そちらが気になって夜景に集中出来なかったという面があったが、今は一人なのでゆっくり夜景を堪能出来る。と言っても前の時が悪かったという訳ではない。

そして首から上には適度にいい風が吹いて、良い具合に涼しさをもたらしてくれる。

「あー極楽……」

背を岩に傾けて、体が浮かび上がりそうになるほど足を大きく広げて、一人だけのこの湯船をこれでもかと堪能する。

そして目を閉じて静かに湯に浸かり、疲れのせいでウトウトしそうになった時、この露天風呂に通じる扉からコンコンとノックの音が響き、すぐに玲華の声も聞こえてきた。

「大樹くん、水着着てるー？　入って大丈夫ー？」

ハッとして大樹は、自分の下半身を確認した。着心地が良かったせいか、湯に浸っている内に水着のことをいつの間にか忘れてしまっていたようで、着ているのかわからなくなって、思わず確認してしまったのだ。

「大丈夫です、ちゃんと穿《は》いてますんでー」

大樹が声を返すと「はーい」と声が聞こえて、続いて扉が開かれ、玲華が姿を現したところで大樹は口を半開きにしてボケッとしてしまった。

「じゃーん――おまちどお」

玲華は髪を纏めてアップにして片手に酒が入っているであろう徳利《とっくり》を載せた盆を持ち、もう片手は自身の水着姿を披露するように腰に当てていた――そう、水着姿をだ。

トップは黒のビキニで、下には透けるような黒い生地に白い花柄が描かれたパレオを巻きつけていた。

大きいとはわかっていたが、ビキニで包まれているその豊満な胸は圧巻で、深い谷間を作っており、その胸部の大きさに反して、腰は見事にくびれている。そしてパレオからチラリと見える生足は白く、そして細いことはわかるがしっかり肉もついていて、下品にならない範囲でムッチリしていて――総じて、玲華からは洒落《しゃれ》にならないレベルの色気がこれでもかと放出されている。

大樹は抜群のプロポーションを持つ玲華のそんな艶姿《あですがた》に文字通り悩殺されたかのようになって、ボケッとしながら、失礼になるということすら頭から吹き飛んで、凝視してしまっていた。

大樹がそうなって一分近くも経った頃だろうか、大樹の反応を待っていた玲華が頬を染め、腰に当てていた手で胸を覆い、身じろぎしながら恥ずかしそうに俯《うつむ》きがちに言ったのである。

「あ、あの――そ、そこまでジロジロ見られると、さ、流石に恥ずかしいんだけど……」

そこで大樹はようやく我に返って、慌てて目を逸らした。

「す、すみません……つ、つい……」

「う、ううん……私が驚かせようと思って言わなかったのもあるでしょうし……」

「そ、それですよ。その格好は一体――？」

大樹が疑問を口にすると、玲華は頬を染めたまま茶目っ気のこもった笑みを浮かべた。

「ほ、ほら、お酌しようと思ったら湯船のすぐ近くにいた方がいいでしょ？　それなら、水着着て一緒に入っちゃえって思って……一人の方がよかった？」

最後は不安そうに聞いてきて、大樹は勢いよく首を横に振った。

「そんな、とんでもない！　如月さんが酌してくれるのは嬉しいですし、ありがたいです。それに水着姿も見れて最高としか言えません」

「そ、それなら良かったけど……うう、ちょっと恥ずかしくなってきた……」

そう言ってモジモジと恥ずかしがる水着姿の玲華は、それはもうとんでもない破壊力で、大樹は一瞬理性が遠のきかけた。

「も、もうジロジロ見たりはしないので……」

すんでのところで踏み止《とど》まれた大樹は、顔を引き攣らせながらなんとか口を開いた。

「そ、それはそれで……」

玲華がボソッと呟いたようだったが、浴室だったせいかよく聞こえなかった。

「え？　すみません、今なんと……？」

「う、ううん。何でもないわ――じゃ、じゃあ、隣失礼するわね……？」

「ど、どうぞ――と言っても、如月さんの風呂ですが」

大樹が苦笑しながら体をズラすと、玲華は気が抜けたように微笑んだ。

「ふふっ、それもそうだったわね」

そして玲華は湯船に浸かったままの大樹の傍《そば》まで来ると、段になっているところに盆を置いて、桶《おけ》でかかり湯を済ませ、白くて長い綺麗な足を浴槽へ伸ばした。

その際に至近距離で見えた玲華の生足に、大樹の喉が思わずゴクリと鳴った。

拳一個分ほどしか空いてないすぐ隣で体を湯船に沈めた玲華が、ホッとしたように声を漏らした。

「ああっ――ふうー……」

その吐息が当たった訳でもなく、声を横で聞いただけだというのに、大樹の背中にゾクゾクとしたものが走る。

(――っく……お、落ち着け、我が息子よ)

大樹は自己主張を始めようとする自身の分身とも言える一部を戒めようとしていた。

流石にすぐ隣にいる玲華の前で、水着の下でとはいえ、完全体を披露などみっともなさすぎて出来ない。

「ふー、何回も入ってるけどやっぱり露天風呂って気持ちいいわね」

大樹が激しい葛藤をしているなど露も知らない玲華が無邪気に微笑みかけてくる。

「え、ええ。おまけに、ここはいい風が吹いて、本当に気持ちいいですね」

「ね。ここいい感じに風吹くよね」

大樹は頷いて同意を示しながら、外見では湯を堪能するように目を閉じた。

何故ならふと目を斜め下にやれば、玲華の見事な深い谷間が見えてしまうからだ。

(ここは温水プール、ここは温水プール……)

風呂だと思うから興奮してしまうと考えた大樹の苦肉の策だ。

プールなら、温水プールなら水着女性が近くにいてもおかしくなく、更には興奮するのはマナー違反なのだからと。

それが功を奏したのか、大樹の興奮は少しばかり落ち着いて、目を開いてホッと安堵の息を吐いた。

そこで玲華が頬を染めながらジロジロとこちらを見ていることに気づいた。

「……如月さん？　どうかしましたか？」

「あ、ごめん！　えと……大樹くん筋トレが趣味って言ってただけあって、すごい体してるなって思って——あはは」

誤魔化すように笑いながらそう言われて、大樹は自分の錆《さ》びた筋肉に目を落としてため息を吐いた。

「そう言ってくれるのは嬉しいですが……如月さん、誤解しないでいただきたい」

「え、誤解って何が……？」

キョトンとする玲華に、大樹は真剣な顔になって言った。

「俺の筋肉は本来、こんなものでは無いんです。仕事が忙しくなって、筋トレの量も減らさざるを得なくなり、今はこんな貧相な体に……」

大樹が慙愧《ざんき》に耐えない顔で絞り出すように言うと、玲華の頬がヒクッと引き攣った。

「な、何言ってるのよ！　私から見たら十分マッチョマンよ！　間違っても貧相だなんて思ってないから！」

「いや、しかし……」

「大丈夫だから！　さっきも大樹くんの体すごいなって見惚れちゃってたんだもん！」

「む、そ、そうですか……」

「うんうん。腹筋だって湯船越しでも割れてるのハッキリわかるし！」

「いや、しかし、この腹筋だって、本当なら――」

「あ、ねえ、大樹くん！　それより、ほら、これ！」

そこで玲華が振り返って、盆を持ち上げて、湯船の上に浮かべてみせた。

「ふふっ、どう？　すごく、ぽいでしょ？」

得意気な玲華の声に、大樹は筋肉のことを頭の片隅にやって強く頷く。

「ええ……！　これが出来る日が来るなんて……！」

目の前の光景に目が釘付《くぎづ》けになる大樹に、玲華はコロコロ笑う。

「あはは、大げさじゃない？　さあ、これ持って？」

そうして手渡されたお猪口《ちょこ》を大樹が持つと、玲華は徳利を持ち、大樹へ向けて傾ける。

トクトクと流れる音が響いて、お猪口が満たされる。

「はい、どうぞ」

「――いただきます」

大樹はお猪口を口につけると、グッと一気に傾けて中身を口に流す。

清涼で澄んだ香りが鼻を突き抜け、甘口の酒が喉を通っていく。火照《ほて》った体に冷えた酒は正に甘露であった。

「――っはあ！　美味い――‼」

飲み干した大樹は堪らず、叫びかねない勢いで言った。

「ふふっ――よかった。さあ、こっち向けて？」

玲華が嬉しそうに微笑んで、次を注《つ》ごうとしてくれる。

「ありがとうございます――ああ、本当美味い」

お猪口を傾けてまた一口含んだ大樹はしみじみと言う。

「うんうん、大樹くんは本当に美味しそうに飲むよね。注ぎ甲斐《がい》があるわ」

ニコニコとしながら玲華は嫌な顔一つせず、大樹が飲み干す度に、酌を繰り返してくれる。

そうやって暫《しばら》くは大樹が酒を飲み、玲華が注ぐという時間が静かに過ぎていったのである。

◇◆◇◆◇◆◇

湯船で飲む冷えた酒は文句無しに美味かった。本音を言えば、徳利一本だけでなく、二本三本と飲みたかったところであるが、それは断念せざるを得なかった。

何故なら、湯船で体を暖めながらの飲酒は酔いが回るのが非常に早かったためだ。

なので、大樹は一本を飲み終えると、一旦シャワーで冷たい水を浴びて、軽く酔いを覚ました。そして酔いが落ち着き始めた頃に、再び湯船に体を沈めて玲華と雑談を交じえながらゆっくりしていた。

「――じゃあ、有馬《ありま》温泉行ったことあります？」

「あ、あるわよ。あそこも良いわよねー」

「ええ。温泉だけでなく、あの温泉街も楽しいですしね」

「あ、いいわよね、あそこ！　夜にお風呂入った後に、浴衣着てブラブラってね」

「それがまた醍醐味《だいごみ》ですよね。ちょっと歩いて、足湯に浸かったり」

「あー、あったあった！　足湯も気持ちいいわよねえ。特に歩き疲れた時に入るのがまた、ね！」

「わかります。それに買い食い出来る店もけっこうありますしね」

「あるわね。あ、有馬温泉っていえば、やっぱり炭酸煎餅よね」

「ああ、ありましたね。クリーム挟んだやつもまた美味いですし」

「あるある！　あー、話してたらまた行きたくなっちゃった」

「はは、じゃあ今度――」

言いながら大樹は自分が口走ろうとした内容を考えて、ピタッと口を閉ざした。

（危ね……いやいや、ダメだろ、それは）

ここから有馬温泉に行くことは日帰りでは厳しく、必然的に泊まりの旅行になるということで、それに誘うのはいくらなんでも、と思ったのだ。今日泊まりに来といてという話にもなるが、それはそれ、これはこれだ。

気安い関係になってきたとはいえ、軽々しく言ってはいけないと大樹は止まったのだ。が
──

「じゃ、じゃあ今度──で、な、なに？」

玲華は大樹が止まった理由を察したのか察してないのか、湯で暖まったからというだけでなく染めた頬で、チラチラと大樹を期待するように見上げてきた。

「い、いや、あの、えーと……」

「う、うん……」

「あ、いや──何でもないです……」

「……そう」

心なしか玲華が肩を落としたように見え、大樹は間違えたかと思い、困って頭を掻《か》いた末に、一つ思い出して、ここで聞いてみることにした。

「あの、そういえば一つ気になってたんですが、如月さん」

「ん？　なーに？」

どこか拗ねたような声色に苦笑して、大樹は問いかけた。

「いや、あの、別に構わないんですが、どうして急に俺への呼び方が変わったのかな──と」

「え……？　何のこと？」

玲華がキョトンと小首を傾げている。その様子からどうやら、無意識にやっていたのかと大樹は不思議がった。

「いや、俺のこと先週までは苗字で呼んでいたじゃないですか。それが今日──というより、前のメッセージのやり取りから急に名前で呼んでくるようになっていたので、少し不思議に思いまして……」

大樹がそこまで言うと、玲華はボケッとした顔になったかと思えば、再び首を傾げた。

「──え……？」

つられて大樹も首を傾げた。

そこから十秒ほど固まっていた玲華は、口をパクパクとした末に、目に動揺の色を浮かべて、恐る恐る聞いてきた。

「わ、私、今日、大樹くんのこと何て呼んで──……え」

恐らく大樹をどう呼んでいたか聞こうとしたのだろうが、聞きながら玲華はその呼称を口にしたことに気づいたようだ。

「今言った通りに、その──苗字でなく俺の名前を」

その瞬間、玲華が口をあんぐり開けて固まったかと思うと、見る見る内に顔が真っ赤になった。

「ええ、嘘⁉　な、なんで——⁉」

どうやら本当に無意識だったようで、玲華はそのことに気づいてテンパり始めた。

「え、どうして⁉　なんで——ああ、ううん。そ、そのごめんなさい！　大樹くんの了承もなく——ああ、また⁉」

見てわかるほどに取り乱し始めた玲華に、大樹は苦笑しながら落ち着かせるように言う。

「あの、さっきも言いましたが、別に構わないんです。ただ、急に変わったものだったから、驚いて、どうしてって思っただけで——」

そう言っても玲華はアワアワと口を動かし、落ち着く気配が無く、大樹はとりあえず、待つことにした。

「な、なんで？　なんで私、大樹くんのこと大樹くんって呼んで——ああ、また⁉　え、なんで——そうよ、確かに柳くんって呼んでたはずなのに——」

玲華は慌てながらもブツブツと、一人考え込み始めたかと思うと、急にハッとなった。

「あ、ああ——⁉　麻里ちゃんね⁉　だから、麻里ちゃんあんなに大樹くんって——」

何やら思い当たることがあったようだが、どこかショックを受けている様子の玲華に、大樹は静かに声をかけた。

「えーと、如月さん？　なんでか聞いても——？」

そこでハッと我に返った玲華は、気まずそうな顔になったかと思えば、決まり悪げにボソボソと話し始めた。

「えっとね……？　そ、その――いつの間にか移っちゃったみたいで……」

その答えを聞いても大樹は首を傾げるしかない。何故なら大樹が玲華と一緒にいる時に他に誰かが一緒にいた覚えなどないからだ。強いて言えば、このマンションのコンシェルジュである、鐘巻ぐらいである。

「……？　一体、誰から移ると……？」

「うっ……そ、その、私の秘書の子なんだけど……」

「はあ……どうして、その秘書の子から俺の名前が……？」

大樹からのもっともすぎる疑問に、玲華はますます気まずげな顔になった。

「――そ、その……大樹くんとのこと色々話してたら、その子が大樹くんのことそう呼び始めたりして……」

「はあ……」

言ってることはわかった気もするが、どうしてそうなったのかはサッパリわからなかった。

「と、とにかく、そのせいで移っちゃったの！　ごめんなさい！　大樹くんの断りもな――あ、また！」

謝ろうとした玲華がまたそう呼んだのを聞いて、大樹は思わず噴き出してしまった。

「ふっ、はは――いや、いいですよ。さっきも言いましたが、別に構いませんって。好きに呼んでください」

「う、うう……いいの、本当に――？」

消え入るような声で俯きがちに問われて、大樹は微《かす》かに笑みを浮かべてしっかりと頷いた。

「構いませんよ——大体、地元の友達なんかは大樹で呼び捨てが殆どなんですから、如月さんがダメなんてことありませんよ」

「そ、そっか……でも、断りもなく呼んじゃって——ごめんね？」

しおらしくそう言ってくる玲華は可愛すぎた。だけでなく、玲華は水着姿であり、更には湯船に浸かっているせいで、軽く汗ばんでおり、色気が過剰放出されている。ふと気づけば、首元に浮かんだ汗が水滴となっていて、そのすぐ下にある深い谷間へと吸い込まれるように流れるのを目にしてしまい、大樹はまたも目が釘付けになりそうになり、慌てて目を逸らした。

「い、いや、あの気にしてないので、如月さんもどうか気にせず好きに呼んでください」

「……うん、ありがと」

そう言ってニコッと微笑んだ玲華がまた、女神の如く美しく見えて大樹は意識ごと目を奪われてしまった。

「……大樹くん？」

小首を傾げた玲華にそう声をかけられて、呆然としていた大樹はハッとする。

「あ、ああ、すみません。ボーッとしちゃって」

「ううん。のぼせちゃった？　もう出る？」

「ああ、いえ……一回冷水でシャワー浴びましょうかね。その後もう一回だけ、湯で暖まってから出ることにします」

「そっか。私も一回水浴びたいかな。ねえ、一緒にシャワー浴びようか」

悪戯っぽく言ってくる玲華に、大樹は一瞬回答に詰まったが、なんとかニヤリと返した。

「いいですよ——では、先に出ますね」

言ってから大樹は素早く湯船から出ると、一つしかないシャワーまで足早に移動する。

「あ、ちょっ——ズルいわよ！」

ザバッと玲華も出てきて、大樹を追いかける。

◇◆◇◆◇◆◇

以下、音声のみで二人のバカ（ップル？）ぶりをご鑑賞ください。

「キャー！　やると思った！　冷たーい‼」

「水も滴るいい女ってやつですね」

「待って待って、止めて——！」

「水を浴びに来たんですから、止める必要性がわかりませんね」

「気持ちいいけど、そんな風に向けられ続けるのは嫌ー‼」

「かけてあげてるのに、何を言うんですか」

「面白がってやってる人が何言ってんの——！」

「そんな面白がってるだなんて——」

「その惚けた顔やめなさーい！　この――！」

「うわ⁉　っははは！　ちょ、くすぐるのは無しでしょ⁉」

「そんなの聞いてないしー！　いえーい、攻守逆転ー！」

「うわ、ちょっ――ふふん、水を浴びたかったところだったんですから、何とも心地よいですね」

「ほほう――？　これなら、どうだ⁉」

「ああ！　ちょ、耳は反則でしょ‼」

「反則なんてありませーん！　へいへーい！」

「ちょっ――⁉　交代！　もう交代‼」

「ダメー！　ずっと私のターン！」

「ここでそのフレーズを聞くとは――⁉」

「悔しかったら、私からとってごらんなさーい」

「この――」

「きゃははは⁉　ちょ、ちょっと、セクハラよ、セクハラ！」

「如月さんから先にやってきたというのに、よく言えますね……」

「この場合、男と女じゃ、違うのは当たり前でしょー⁉」

「そんなの知りませんね」

「何よー！　知ってるんだからね！　大樹くんが私のおっぱいチラチラチラチラ見てたの知っ

てるんだからね！」

「な、なな、何のことだか、わ、わかりませんね……」

「わかりやすいほど、動揺してるんじゃないわよ！　このおっぱい星人！」

「し、仕方ないでしょうが！　そんな立派なもん目の前にして見ずにいれる男なんて男じゃありませんよ！　大体、如月さんが綺麗すぎるんですよ！　プロポーション良すぎるんですよ！　そんな人が水着になったら目を奪われるなんて当たり前のことでしょうが！」

「ひ――開き直ったわね⁉」

「自分から振っといて、なんで赤くなってるんですか」

「う、うるさーい‼」

　その後もギャーギャー騒ぎながら水を浴びせ合った二人はグッタリしながら、冷えた体を湯船で暖めたのであった。

第六話　だから天国

大樹が風呂を出てリビングに戻ると、先に出たはずの玲華はいなかった。

「……ドライヤーで髪を乾かしてるとか……？」

風呂上がりの身支度は玲華の方が時間がかかるということで、玲華は先に上がり、そしてまたゆっくり一人で湯を堪能してから大樹は上がったのである。

「しかし、用意してくれた着替えがこれとは……」

大樹は手を広げて、自身が身に纏う服を――浴衣を見下ろし苦笑した。

そう、玲華が用意してくれた着替えは、温泉旅館に置いてあるような浴衣だったのである。

サイズもＸＬと大樹の体格に不足のないものだった。

下着もメッセージでやり取りしたように用意されていた。

下着ばっかりはと大樹は遠慮したのであるが、玲華はそれを予想していたかのように大樹に気を使わせまいとしたのか「もう二種類とも買っちゃったから」と言ってきて、それならばと大樹は諦めてトランクスを所望したのである。もう一方のボクサーブリーフは、使いたくなったらいつでも出すからと言われてそのままにするようだ。

そして脱衣所で浴衣と共に置かれていた下着であるが、タグをよく見てみると大樹でも知っている有名ブランドのものだった。普段など、三枚で千円とかの特売ものを愛用している大樹は、ブランドものの下着なんてものを初めて目にして唖然《あぜん》としてしまった。

　ちなみに大樹が今日一日使っていた下着は、カッターシャツや靴下も含めて玲華が洗濯しておいてくれるとのこと。また泊まりに来た時に使えばいいと、あっけらかんとメッセージで伝えられてしまった。

　玲華の中では大樹がまた泊まりに来るのは当たり前であるらしいことが、どうにも大樹をこそばゆいような、どこか落ち着かない気持ちにさせた。

　そして玲華の心配りは下着を含めた着替えで終わりではなかった。大樹がすっかり失念していた歯ブラシも用意してくれていたのである。それが玲華の赤い歯ブラシの横に並んでいるのを見て、更に大樹は落ち着かない気持ちになったが、有難いことこの上ないのは間違いないことであった。

「……なんで、これだけ気配りとか出来る人が料理出来なくて、ところどころポンコツっぽいんだろうな……？」

　大樹は不思議で堪らず独り言ちた。

　ただ、何となくであるが、こういう出来る面を覗かせる時は社長としての思考が働いているのではないかと大樹は思った。

　大樹はプライベートの時の玲華しか知らないから、時折、玲華が優良企業の社長を務めていることを忘れがちだ。

「……まあ、いいか。後でまたお礼言っとかねえとな。にしても、あんな立派な露天風呂入った後に浴衣着てると、すげえ旅行に来た感があるな……おまけに、リビングの照明がなんか、それっぽく薄暗くなってるし」

もう夜中と言える時間だからだろうか、照明が普段より薄暗く、何か旅先に来たような雰囲気を出しているのである。

結論として、非常に居心地が良かった。旅行に行った時のような浮き立つようなワクワク感と、色々と用意がされていることからのリラックス感。正に温泉旅行に行った時の気分になっていた。

大樹はソファに腰かけ、もたれて堪らず呟いた。

「やはり、ここは天国だったか……」

今まではジムやサウナがあるからこそ、このマンションは天国ではないかと思っていた大樹だったが、評価を改めざるを得なかった。玲華の心配りがあってこそ、このマンションは天国になるのだと。

そんなことを考えていると、扉が開く音が耳に入って、大樹はそちらへと首を回し、目を見開いた。

「あ、もう上がってた？　あれ、ビール出てないわね。出して飲んでてよかったのに」

そうニコやかに言ってきた玲華であるが、大樹と同じく浴衣を着ていたのである。

風呂上がり故に赤く火照ったような頬、わずかに汗ばんだ肌、少し湿り気のある髪は簡単に縛られてポニーテールになっており、後ろに回れば容易《たやす》く見えるだろううなじ。

浴衣は当然のように似合っており、玲華の艶やかな黒髪と相俟《あいま》って、これでもかと大和撫子《やまとなでしこ》というものを感じさせ、つまりどういうことかというと非常に色っぽかったのである。

今日何度目になるかわからないが、大樹は呆然として目を奪われた。

そんな大樹に気づいたのか、玲華は悪戯っぽく笑い、手を少し広げてくるりと回った。

「じゃーん、どう、似合う？　大樹くんだけ浴衣じゃ、つまらないじゃない？　私も合わせて着てみたんだ」

そう言ってクスクス笑う玲華に、大樹はハッとなって、なんとか口を動かした。

「非常に――非常に似合ってます」

大樹が何度も頷きながら力強く言うと、玲華は赤かった頬を更に染めて、はにかんだ。

「ふふっ、ありがとう。ビール飲もっか。そこで待っててね？」

「は、はい――」

大樹はその玲華の女神を思わせるような笑顔に見惚れながら弱々しく返事をし、力無くソファに身を任せて悶《もだ》えた。

（だーもー！　着替える度に、こっちの意識奪いにかかるのやめてくれ――！）

大樹は先ほどのマンションへの評価を再び改めた。女神の如く神々しい玲華がいるからこそ、ここは天国なのだと。

◇◆◇◆◇◆◇

「かんぱーい！」

「乾杯！」

玲華はグラスで、大樹はなみなみと入ったジョッキで乾杯し、ゴクゴクとビールを喉に流す。

「――っはあ、美味い……」

「うん……やっぱりお風呂上がりのビールは美味しいわよね」

「ですね……二杯目、いりますか――？」

見れば玲華のグラスが空になっていたので、断られること前提で大樹が瓶を持ちながら聞いてみると、玲華は少し考えた末に頷いた。

「……そうね。もう一杯だけ飲もうかな」

その答えに大樹はわずかに眉を上げるだけで驚きを露わにしつつ、玲華のグラスにビールを注いだ。

「――ん、ありがと」

コクと一口だけ飲んだ玲華はグラスをローテーブルに置くと、感心したように大樹を見上げた。

「それにしても、大樹くんって浴衣似合うわよねえ。予想はしてたんだけど」

「……そうですか？　いや、俺より如月さんの似合いっぷりの方がすごいと思いますが」

「あはは、ありがとう。大樹くんだって浴衣姿、素敵よ？」

ニッコリとそう褒められて、大樹は頭を掻いた。

「……どうも」

そんな褒められ慣れてない大樹の反応に、玲華は苦笑すると、ふと思い立ったように手を伸ばして、大樹の胸板や腹筋にペタペタと触れてきた。

「えっと——何ですか？」

「んー……大樹くんってもしかして、着痩せする方？」

「……どうなんですかね？　言われたこと無い気がしますが」

「そう？　でも、そうだと思うわよ。お風呂で見るまで、あんなにマッチョだなんて思ってなかったもの」

「……それはやはり、俺の筋肉が錆びついていたということですね……」

大樹は重苦しいため息を吐いた。やはり今の会社は許し難いとの思いを新たにした。

「あはは。そうじゃないって、着痩せするかどうかの問題は」

「いや、そうは言ってもですね……」

「だから、そうなの！　それにたとえ錆びついていたとしても、私はこの筋肉に助けられたんだから、そうガッカリしないでよ」

苦笑して宥《なだ》めるように言ってくる玲華に、大樹は励まされていることに気づいて、同じく苦笑を浮かべた。

「そういえば、如月さんを受け止めたんでしたっけね」

「そうよー？　大樹くんが受け止めてくれなかったら、きっと入院してたんじゃないかしら。今でも感謝してます。ありがとう」

　ニッコリと告げられて、大樹は頷いた。

「その後に倒れた俺も如月さんに助けられましたけどね……拾ってくれて感謝してますよ」

「あっはは！　拾うって——！　でも、そうね。あの時に大樹くんを介抱してなかったら、今みたいな関係にはなってなかったと思うと……うん、私グッジョブね」

　そう言って、サムズアップしてきた玲華に大樹は思わず噴き出した。

「はは、そうですね。グッジョブでした」

「でしょー？」

　茶目っ気たっぷりに玲華が相槌を打つと、二人は声を揃えて笑い合った。

「ははは——そういや、如月さん、明日は——」

　笑っている途中で大樹が明日の予定を聞こうとしたところで、玲華に遮られた。

「——ねえ、待って」

「……何ですか？」

　急に不機嫌そうな声を出されて、戸惑う大樹に、玲華は拗ねたような顔をして言った。

「ねえ、私だけ？」

「……何がでしょう？」

「その──」

「……？」

どこか言い辛そうに口篭《くちご》もり、わずかに顔を赤くして意を決したように玲華は口を開く。

「名前で呼ぶのは私だけ──？　大樹くんは？」

「へ……？　あ──」

言っている意味が最初はわからなかったが、最後に名前で呼ばれたことで理解する。

「あっと……その──そうした方がいいですか……？」

そう問いかけると、玲華は不満そうになった。

「そうした方がって……それはそうだけど……」

最後は俯いての小声だったので、聞き取りにくかったが、大樹は玲華の反応から自分が大きく間違えたことにすぐ気づけた。なので、言い換える。

「──すみません、言い間違えました……俺も名前で呼んでいいですか？」

すると玲華はパッと明るくなった顔を上げた。

「う、うん──！」

その如何にも嬉しそうな顔を見て、大樹は内心で再び悶えることになった。

（だー‼　可愛すぎか──‼）

頬が引き攣りそうになるのを堪えながら、大樹は咳払いして口を開いた。

「そ、それでは、れ、玲華さん──と」

すると玲華は目を丸くした。

大樹が、あれ？　と思った直後には玲華が不思議そうに言った。

「え──？　あれ？　さん、なの？」

「へ……？　いや、だって年上ですし、今までも如月さんでしたし」

「え、あ、うーん……じゃ、じゃあ、そ、それ──で」

玲華は渋々な様子で了承したが、そのすぐ後には期待するように大樹をチラと見上げてきた。

流れ的に玲華が何を期待しているのかすぐに理解できた大樹は、体中がこそばゆい感覚と照れ臭さを覚えながら、何度も口を開け閉めした末に、玲華へ呼びかけた。

「えっと──れ、玲華さん」

「は、はい──！」

何故か教師に呼ばれた生徒のように背筋をピンと伸ばして返事をした玲華に、大樹は思わず噴き出した。

「ふっ、くくっ──そ、そんな緊張しないでくださいよ。俺まで緊張するじゃないですか」

「ちょ、ちょっと笑わないでよ──！」

言いながら緊張が解けたのか、大樹の腕を軽く叩きながら玲華も笑って返す。

「と、とにかく、これからはそう呼んで──ね？」

期待のこもった目で見上げてくる玲華がこれまた可愛すぎた。

大樹はそろそろ吐血してしまうんじゃないかと思いながら、それは顔に出さずに頷いてみせた。

「わかりました——玲華さん」

「う、うん——あ、そうだ。写真撮ろ？　せっかく浴衣着たし」

まだどこか漂う緊張感を払うように玲華がそう誘いかけてきて、玲華の浴衣姿の写真が欲しい大樹は一も二も無く同意した。

「いいですね、撮りましょうか」

「ええ。じゃあ、大樹くん、持ってくれる？」

「はい」

渡された玲華のスマホを自撮りの形で構えて、大樹と玲華は何枚か撮る。

揃って確認してみると、大樹の表情はいつも通りであるが、玲華の方も相変わらずの美しい笑顔だった。

「ね、大樹くん、またこっち——手回してよ」

玲華のリクエストを受けて大樹は玲華の肩に手を回す。すると玲華はコツンと大樹の肩に頭を乗せてきた。そのため、大樹の鼻のすぐ傍まできた玲華の髪から殆どダイレクトに良い匂いが伝わってきた。

その時大樹は何故だか無性に玲華を抱きしめたくなり、抑えようと思っても止めきれなかったその衝動は、玲華の肩に回した手に力を入れ、必然的に玲華を抱き寄せるように引き寄せてしまった。

「——っ⁉」

玲華が動揺したように肩をピクッと揺らしたが、何も文句は言わず、されるがままに大樹の体に寄り添うようにして、もう大樹の肩でなく、胸板に頭を乗せるように体を預けた。

「——っす、すみません、その——」

言い訳をしようとした大樹であるが、玲華は大樹にもたれたまま首を横に振って遮った。

「んーん……いいから、このまま撮って？」

「——そ、そうですか」

「うん」

そうしてその写真は撮られた。

確認してみると、玲華は決して嫌がっている顔はしていなくて、大樹はホッとした。多分だが、前に肩へ手を回した時と同じ表情のように見えたのだ。反対に、玲華はそれを見て、苦笑しながら頬を掻いてボソッと呟いた。

「うーん……やっぱりこうなるのね」

その言葉の意味が大樹にはわからなかったが、何となく聞く気になれなかった。

それから、大樹は頼んで玲華一人の写真を撮らせてもらった。素晴らしい笑顔であるが、ちょっと恥ずかしがってるのがまた最高な写真だった。

その後はまたお約束のように大樹が一人の写真を玲華が撮り、それを見て笑い合っている内

に、なかなかな時間になっていたので、今晩はもうお開きにすることになった。

と、そこで玲華が大樹用の布団を用意しているという和室へ案内しようとした時に、大樹は先ほど聞きそびれたことを尋ねた。

「あ、きさら――玲華さん、明日なんですが、行きたいとこってどこなんですか？」

癖で苗字で呼ぼうとして、即座に言い直したのは、耳にした玲華がすぐさま拗ねたように唇を尖らせたのが見えたからだ。

「ああ――明日のこと？　あ、そっか、まだ言ってなかったわね。えーっとね、大樹くんが良ければだけど――」

申し訳なさそうに玲華は、明日の行きたい場所を告げたのである。

「――映画行かない？」

第七話　ランチは何か

「ここは……？」

障子越しに明るい陽射《ひざ》しが照らす和室で大樹は目を覚ました。

上半身をノソリと起こし、半分寝惚けた目で回りを見渡す。

「ああ……そうだ、如月さんの家に泊まったんだったな」

そう、ここは玲華のマンションの一室である和室だ。

玲華は大樹の寝る場所として、このマンション唯一の和室を提供してくれたのである。真新しい布団に、シーツに、枕に、掛け布団と一緒にだ。また、これらが高級感を漂わせていて、大樹は本当にここで寝ていいのか二度、三度と聞いてしまったほどだ。その度に玲華からは「大樹くんのために用意したんだから、使ってくれないと困る」と、用意した側からは当然な、大樹からしたら少し恐れ多い回答をいただき、大樹はここで寝ることになったのだ。

この和室がまた綺麗な上に立派なもので、昨晩から着ている浴衣と合わせて大樹は、いつの間に旅館に来たんだったかと思ってしまったほどである。

「ふぁあ……あ」

あくびをしながら枕元に置いてある充電ケーブルに挿さったスマホを手に取り、時間を確認する。

「十時か……如月さんは起きてるか、流石に」

泊まりに来る前に、大樹にゆっくり寝ていていいと言ったぐらいだから、玲華は先に起きることを想定していたのだろう。その辺りを考えると、休日でも朝はちゃんと起きるタイプだと思われる。

ちなみにだが、充電ケーブルは玲華の予備である。

「にしても——」

大樹は腕を振って肩を回し、軽く深呼吸した。

「——体が軽いな。やっぱり、寝る前にゆっくり湯船に浸かると疲れが落ちるな」

自覚すると眠気も無くなっていき、爽快な気分になってくる。

ならば、もう起きて玲華に挨拶するべきであろう。

「——その前に、布団畳むか……」

客であるのだから、最低限これぐらいはと大樹は乱れている浴衣を正しながら布団から出た。

◇◆◇◆◇◆◇

リビングの扉を開くと、玲華は初めてこの家で見かけた時と同じ姿——つまりは、バスローブ姿でソファに腰かけ、頭をタオルで拭いていた。

「あれ？　もう起きたの？　おはよー！」

大樹の姿を目にして一瞬不思議がったものの、すぐにニコッとなって挨拶の言葉を投げてきた。

その笑顔がガラス越しの陽射しを浴びていたせいか、または白いバスローブがギリシャ神話的なあの一枚布を着ているように見えたせいか、すさまじく神々しく見えて、大樹はボケッとしてしまった。

そのため、挨拶を返し損ねて玲華が小首を傾げる。

「……大樹くん？　寝惚けてる？　寝足りない？」

その声で大樹は我に返った。

「ああ、いえ。そんなことありません。おはようございます、如月さん」

(だから、着ているものを変える度に、こっちを驚かせるのはやめてくれ――)

内心そう思ったものの朝一に見る玲華の笑顔は、幸福感が半端ないものだとも感じていた。

なんとも罪深い女性《ひと》だと思っていると、いつの間にか玲華はムスッとした顔となって、如何にも不機嫌そうに大樹を見ていた。

「……えーと、どうかしましたか、如月さん」

そう問いかけると、玲華は唇を尖らせ一層不機嫌さを増したようになった。

「……」

「き、如月さん……？」

大樹が焦って再び呼びかけると、玲華の目が据わり始めた。

「……如月――さん？」

そう呟いたのは大樹ではなく、玲華である。

何故、自分の苗字をと大樹が首を傾げかけたところで、ハッとする。

「あ、ああ……おはようございます――玲華さん」

大樹がそう言い直すと、途端に玲華は満足そうに笑顔になった。

「うん、おはよー。やっぱり寝足りないいんじゃない？　寝る前のことなのに、忘れちゃってたみたいだけど」

からかうようにそう言ってクスクスとする玲華に、大樹はホッとした。

「いや、そんなことないですよ。ゆっくり風呂に浸かったおかげで、かなりスッキリしてますから」

「そっか、なら良かったけど。大樹くんもシャワーしてくる？　もっとスッキリするわよ？」

「……じゃあ、そうさせてもらいますかね」

「うん。じゃあ、行ってきたら？　大樹くん入ってる間に新しい下着とか出しとくから」

「ああ、どうも――え、まだ下着あるんですか？」

「あるわよー？　五枚ぐらい一気に買ったから」

「そ、そうですか……それはどうも」

「穿き心地とか悪くなかった？　悪かったら、また新しいの用意しておくけど」

少し心配そうにそんなことを言う玲華に、大樹がギョッとした。

「いやいや、十分ですよ。と言うより、俺が家に置いてるのより、遥《はる》かに上等なものですし」

「なら良かったけど……本当に遠慮せず言ってね？」

「は、はい……」

「うん。あ、着替えはどうする？　出かけるまでは浴衣着てる？　そっちの方が楽でしょ？」

「そう、ですね。出るまではこれ着ておきます。折角ですし」

「わかったわ。じゃあ、着替えはまた後で出すわね」

頷いた大樹は、シャワーを浴びにそのまま浴室へ向かうのだった。

◇◆◇◆◇◆◇

「シャワーいただきました――っと」

歯磨きもすませて大樹がリビングに戻ると、玲華はアイロン台を出して、その上で何かアイロンをかけている。

ちなみにもうバスローブ姿ではない。上は片側がオフショルダーでベージュのゆるそうなニットに、下はこれもどこかゆるそうな白いパンツに着替えている。髪は初めてここで過ごした日のように、軽く結んで前に垂らしている。

「おかえりー」

玲華は一瞬だけ大樹に目を向けたが、すぐ手元に視線を戻した。

その手元にあるものを見て大樹は、首を傾げた。

「あの、きさ――玲華さん。それって、もしかして俺の――？」

「ええ、そうよ。大樹くん、これ形状記憶のシャツだからって長いことアイロンかけてなかったでしょ？」

「え、ええ、そうですが」

「たまには当てないとダメよ？　洗濯終えたから畳もうとしたら、どうにも気になってね……よし、これで終わりっと――どう？」

そう言って玲華は大樹のシャツを広げてみせる。

パッと見ではまず、全体的に綺麗になっているように感じた。そして良く見てみると、よれていた襟元や袖口がピンと伸びていて、新品のようになっていた。

「す――すげえ、綺麗になってますね。驚きました」

「ふっふーん。そうでしょう、そうでしょう」

得意気な玲華にからかいたくなったが、ここはそれよりも言うべきことがあった。

「いや、これは嬉しいですね。ありがとうございます」

「いーえ。やってる会社が会社だからね、着てる服にはつい目敏《めざと》くなっちゃうのよね」

「ああ……なるほど」

玲華の会社はアパレル系であることを大樹は思い出した。

「流石に私が仕事の中でアイロンがけはしないけど、服の手入れなんかについては色んな資料に目を通すからね。その延長で興味持ってアイロンは自然と覚えたわ。ふふん、大したもんでしょ」

また得意気になって大きな胸を張る玲華に、大樹は内心で苦笑しつつ相槌を打った。

「ええ。大したものだと思います」

「うんうん」

副音声で「もっと誉めてもいいのよ？」と聞こえた大樹は、続けて言った。

「玲華さんの女子力っぽいところを初めて見たような気がします」

玲華の肩がガクッと傾いだ。

「ちょ、ちょっと‼　どういう意味よ、それは⁉」

「え……？」

「そ、そのさも不思議そうな顔をやめなさい‼」

「そう言われましても……」

「麻里ちゃんか⁉　ああ、もう！　何で私の周りの人はそんなばっかなの！」

頭を掻きむしって項垂れる玲華に、大樹は「ふむ……」と頷いて、適当なことを言った。

「大丈夫です、元気出してください」

「大樹くんが言うな！　しかも雑ね‼」

「なかなか良い突っ込みですね」

「何目線なのよ、それは⁉」

「はっはっは」

「ちょっと！　何でそこで笑ったの⁉」

「いや、何となくですが」

「あー、もうー‼」

「何か大変そうですね」

「誰のせいよ⁉」

「誰のせいでしょうね……くくっ……」

惚けた顔をしていた大樹もそろそろ我慢の限界になって、肩が震え始めた。

それに気づいた玲華が、顔を真っ赤にして憤慨した。

「ま、また、からかってくれたわね――⁉」

「い、いや、今のはからかうというよりもノリみたいなものだと思いますが――」

「そんなノリなんて無い‼」

そう言って玲華が近くにあったクッションへ手を伸ばそうとしたところで、また前みたいに殴られると予想をした大樹は先んじて言った。

「まあまあ、お昼、玲華さんの食べたいもの作るので勘弁してください」

そこで玲華の手がピタッと止まる。

「ほ、本当に――？」

「ええ、何でも言ってください。と言っても、材料の許す範囲でになりますが」

「え、えーっと、どうしよっかな」

ソワソワワクワクし始めた玲華を見て、大樹がチョロいと思ったのは言うまでもないことだ。

それに加えて、コロコロ変わる玲華の表情に大樹は自然と目を奪われてしまう。

(はー、本当に可愛いすぎる人だな……)

思わず頬を緩ませる大樹を前に、玲華はうーん、うーんと悩んでいる。

「あー決められない——って言うより、何が出来るの？」

「そうですね……」

言いながら大樹は冷蔵庫へ足を進める。

「そこにある食パン使って、前みたいにフレンチトーストでもいいし、オーソドックスにサンドイッチ、もしくはホットサンド、後は、ちょっと変わり種のトーストか——」

昨夜見かけた食パンを指差しながら話すと、玲華の喉がゴクリと鳴る。

「あ、ふ、フレンチトースト美味しかったし、それもいいわね……それにサンドイッチかあ……変わり種のトースト……？」

大樹が挙げたものを律儀に呟きながら、玲華が大樹の後を追う。

「それから米を使うなら、チャーハン——はやめときましょうか。普通に卵とか適当に焼いて、ご飯で食べるのもありですね。そうだ、ランチですし、丼《どん》もいいかもですね。玉子丼《どん》、親子丼——は鶏肉《とり》の用意が無かったか。それ以外の何か適当に乗せた丼でもいいですね。簡単すぎる目玉焼き丼なんてものもありますよ。後は……オムライスもできますね。ベーコンあるし」

「お、オムライス——!?」

玲華の声が一オクターブ上がった。現在、一番の好反応だろう。

冷蔵庫を開けて中を見ながら大樹は続ける。

「それから——あ、ピーマンがあったか。玲華さん、パスタってありましたっけ？」

「あ、うん、あるわよ！」

「パスタを使うなら、それこそ色んな味もできますね。ミルクは無いですが、カルボナーラっぽいのも出来るし、和風の味付けのパスタ、もしくは——ナポリタン」

「か、カルボナーラにナポリタンですって——!?」

カッと雷に打たれたようになる玲華に、大樹は噴き出しそうになった。

「そ、そんなのも作れちゃうんだ!?」

「いや、ええ、まあ……カルボナーラはともかくナポリタンなんて、それこそ超簡単ですが……」

「そ、そうなの——!?」

信じられないような玲華に、大樹は肩を震わせてから苦笑を浮かべた。

「いや、だってナポリタンなんて使う材料はモロ見た目に出てるじゃないですか」

こだわれば見えない材料があるのは確かだが、こだわらなければ目に見える材料だけで十分に美味いものが作れるのがナポリタンである。

「えー、そう？　ナポリタンは確か……パスタとピーマンと玉ねぎと、ベーコンと……ケチャップ？」

「正解。それを混ぜて炒めるだけのようなもんですよ」

大樹がそう言うと、玲華はゆっくり目を逸らした。

「……そ、そう聞いてもやっぱりわかんない」

「……なるほど」

これは相当のようだと大樹は悟った。

「――で、何が食べたいですか？」

「あ、う、うん……」

そうして玲華がまたうんうん唸って悩み始める。そこでブツブツと漏れ聞こえる声から、どうやらオムライスとカルボナーラ、ナポリタンで悩んでいるようだ。

「――よし、決めたわ！」

玲華は迷いのない決心した顔になったかと思えば、厳《おごそ》かに大樹に言ったのである。

「ナポリタンで――‼」

◇◆◇◆◇◆◇

「まずは鍋に水を入れて沸かす、と――」

玲華のリクエスト通りに、大樹はナポリタンの調理を開始する。

何故、ナポリタンなのか聞いてみると「オムライスとかカルボナーラを食べに行ったり、お店で見かけたら注文することはよくあるけど、ナポリタンってよく考えたらあまり注文することないかなって。美味しいのはわかるんだけどね、なんでだろうね」とのことだ。

言われてみれば大樹も外で注文する機会は少ないように思った。だが、これは玲華とは理由が違う。簡単で手軽に作れるから、食べたくなれば自分で作ればいい、となるからだ。

頬杖をついてルンルンと大樹が料理している様を眺めている玲華を横目に、大樹は水を満たした鍋をＩＨコンロに乗せて熱を加える。

「玲華さん、パスタ出しといてくれますか」

「あ、はーい」

機嫌良く動き始める玲華に、何故だか苦笑気味に頬が緩んだ。

簡単なナポリタンで、あれだけ機嫌良くなられると、どうにも安上がりのような気がしてしまったのだ。

そんな失礼な考えが過《よぎ》ってしまった大樹は、すぐそれを頭から追い払うと、調理に集中し始める。

お湯が沸くのを待つ間に、必要な食材を切っていく。厚めのベーコンを棒状に切り、ピーマンを輪切りにし、玉ねぎを薄く切る。

これでパスタを除く食材の準備は終わりである。この準備をゆっくりしている間に、水が沸騰していたので、塩をひとつまみ入れてから、パスタを三人前、煮立った鍋にグルリと入れる。

するると鍋からパスタが咲いたように広がって収まる。

「わあ、すごい。綺麗に入るものなのね」

玲華が鍋に目を落としながら感心した声を出す。

「これはなかなかコツがいるんですが、何度かやったらすぐ出来るようになりますよ」

「そうなの？　でも、そう言うってことはそうした方がいい理由でもあるの？」

「ええ。こうすれば、パスタが均等の茹《ゆ》で具合になるでしょ？」

「ああ、なるほど」

また感心したように頷く玲華。ちなみにパスタが何故三人前なのかというと、大樹が多めに食べたいからである。

ナポリタンを三人前、もう一気に作りたかった大樹は、大きめのフライパンを取り出し、ガスコンロに乗せて火にかける。

熱し始めたところでサラダ油をかけて広げると、具材を一気にフライパンに投入する。

フライパンを軽く揺らしながら炒めていき、玉ねぎの色が薄くなり始めたのを見て、火を弱め、フライパンにケチャップをドバドバと落とす。

「？　そこで、ケチャップかけるの？」

玲華が不思議そうに聞いてくる。恐らくはパスタを入れてからケチャップをかけると思っていたのだろう。

「ええ。パスタを入れて炒めながらケチャップをかけても出来ますが、先にこうしてケチャップをかけて軽く煮詰めてやると、いらない水分が飛んで旨味が凝縮するんですよ」

「へーえ」

感心しっぱなしの玲華の前で、大樹は更なる調味料を取り出し、それもフライパンにポトポト落とす。

「え⁉　そんなのも入れちゃうの⁉」

玲華が驚いたのは、それが真っ黒なウスターソースだからだろう。

「ええ。これ入れると味に深みが出て、美味くなるんですよ」

フライパンに乗せたケチャップとソースを混ぜ合わせながら大樹が答えると、玲華は若干引いたように「へ、へえ……」と零した。

「……？　あ、でも、混ぜると黒色はほとんど無くなるのね？」

「そうですよ。ちなみに、同じようにしてる喫茶店も少なくありません」

「あ、そうなんだ」

ホッとしたような玲華に大樹は思わず苦笑すると、フライパンから手を離し、鍋の中からパスタを一本菜箸で摘《つま》んで、口に入れる。

「――うん、この辺か」

アルデンテにはまだ遠いバリカタの麺であった。だが、それでいいのだ。

鍋から中カゴごとパスタを引き上げ、そして軽く振って湯を切る。中カゴのある鍋は楽で助かる。

そうしている間に、フライパンの中のケチャップとソースはいい感じに水分が抜けていた。

すかさず大樹は中カゴを傾けて、フライパンにパスタを落とす。そしてひたすらかき混ぜながら炒める。途中で黒胡椒《くろこしょう》をパラパラとかけて、また混ぜて――火を止める。

「――よし、完成」

「きょ、今日はいつにも増して、早かったわね」

時計を見ながらの玲華に、大樹は頷く。

「かかった時間ってのは、実質、水が沸騰するまでと、パスタが茹で上がるまでの時間みたいなもんですからね――玲華さん、お皿二枚出してもらえますか？」

「あ、はーい」

よだれを垂らしそうに、フライパンの中のナポリタンを凝視していた玲華が忙しなく動いて、棚から皿を取り出す。その間に大樹は冷蔵庫からパルメザンチーズを取り出す。

「玲華さん、ナポリタンにパルメザンチーズはかける方ですか？」

「え？　ええ。途中でだけど……」

「ならば良し」

玲華の返答を聞いて、大樹は何も乗っていない皿の上に、半円の形でパルメザンチーズをドバドバと落とした。

「え、お、お皿に最初にかけるの……？」

驚き目を丸くする玲華に、大樹は悪戯っぽく笑う。

「ええ。まあ、後になってなんでこうしたのかわかりますよ。あ、タバスコありますか？」

「あ、あるわよ。確かここに――はい、あった」

「どうも。そっちはテーブルに置いてください。そいつに関しては俺が勝手にかけたりはしませんから」

「はーい」

それから大樹はトングで、パルメザンチーズの乗った皿の上に、ナポリタンを盛り付ける。

そして、粉パセリをパラパラかける。

「これでよし、と――あ、しまった」

そこで大樹はサラダなどを忘れていたことに気づいた。大樹一人ならナポリタンがピンで構わないのだが、女性である玲華には、あった方がいいだろう。

特に玲華の美貌を考えると、それを陰らせたくない大樹としては、大きな問題であった。

しかし今から用意するとなると、今アルデンテになったばかりのナポリタンが伸びてしまう。

どうしようかと大樹が頭を悩ませていると、テーブルで待機している玲華から不思議そうな声がかかった。

「どうしたの、大樹くん？　出来たんじゃないの？」

目を向けると、玲華はフォークを握って座っている。いつでも食べれると言わんばかりである。

「あ、その、サラダを忘れていたなと思って――」

「え？　ああ、もう別にいいんじゃない？　せっかくの出来立てのナポリタンが冷めちゃうじゃない」

そんな風にソワソワしながら言う玲華に、大樹は悩んでいたのがバカらしくなって、短く息を吐いて苦笑した。

「そうですね、生野菜は夜に多めにとることにしますか」

「うんうん、それでいいから――早く食べましょ」

待ちきれない様子の玲華に、大樹は苦笑を深めて、ナポリタンをテーブルまで運んで、椅子に腰を落とした。そして時計を見ると、まだ十一時を少し過ぎたところであった。

「じゃあ、ランチには少し早いですが――どうぞ」

大樹がそう促すと、玲華は目をキラキラさせながら手を合わせ、大樹も一緒に合わせる。

「いただきます――！」

そして玲華が早速とばかりにフォークをナポリタンへ向けたところで、大樹は言った。

「あ、そうだ。最初は手前の半円を食べ進めるようにしてください」

「？　――こっち側食べればいいってこと？」

「ええ。では、どうぞ」

「はーい」

そして玲華がナポリタンをフォークでクルクル巻くのを見ながら、大樹も同じようにして一口食べる。

まず口の中でケチャップの酸味、旨味がこれでもかと広がる。噛めば、シャキシャキした玉ねぎが口に甘さを感じさせ、しんなりしたピーマンは仄《ほの》かな苦みの中に矛盾したように甘みもある。そして厚めのベーコンが塩気と共にボリューム感をくれる。それらを親和させるかのように、麺であるパスタが中心にあり、更にはウスターソースの甘みが全ての味を一層引き上げていてすぐ飲み込みたくなって、スルスルと喉を通っていく。

「――うむ、美味い」

大樹が一人頷いていると、玲華は「んーっ」と感極まったように体を震わせている。

「――大樹くん！　すっごく美味しい‼」

パアッと顔を輝かせて感想を告げてくる玲華に、大樹は頬を綻《ほころ》ばせた。

「そいつは良かったです」

玲華のその笑顔が、満足感、達成感、幸福感をもたらしてくれる。なんとも作り甲斐がある人だと大樹は思った。

「んー、本当美味しいわね、これ」

フォークを動かす手がなかなかに早い。なんとなくだが、今までのことと合わせて玲華は味付けが濃いめの方が好きなのかもしれないと大樹は予想した。

そして何口か食べてから、大樹はタバスコを手にとった。

「あ、私もタバスコかけよっかな。かけたら貸してね」

「ええ」

頷いて返すと、大樹はタバスコをフォークにかけた。

「んん――？　え、なんでフォークにかけてるの？」

「こうするとですね――」

言いながら大樹はタバスコをかけたフォークで、ナポリタンを巻きつけて口に入れる。

すると、最初は普通にナポリタンの味が口に広がるが、途中からタバスコの香りと辛みがガツンと来るのだ。

「――うむ。こうやって食べると、タバスコが一層味を引き立ててくれるんですよね」

「ほ、本当――？」

そして玲華は半信半疑ながら、大樹と同じようにしてナポリタンを巻きつけたフォークを口に入れる。

「――!?」

モグモグと食べ進めている途中で、玲華が目を丸くした。そしてゴクリと飲み込むと、勢いこんで口を開く。

「だ、大樹くん！　私、この食べ方すごく好きかも!!」

「はは、そうですか。美味いでしょ？」

「ええ！　タバスコの味はこうだって感じがすごい好き！」

「わかります、わかります」

笑いながら二度、三度と頷く大樹。

大樹の手から玲華の手へとタバスコは何度も往復することになった。

「――そろそろか」

大樹が呟くと、玲華は小首を傾げた。

「何が？」

「こちら側の方、ひっくり返してみてください」

大樹が示したのは、最初に食べ進めるよう言ったのとは反対側の半円である。

「こっち側？　こう……？　――あ⁉」

大樹が言う通りにひっくり返した玲華は、驚きの声を上げた。

「こ、これ、チーズが固まってるの⁉」

「ええ」

玲華が言った通り、ひっくり返して出てきたのは、一枚板のように固まったパルメザンチーズである。

「ナポリタンの熱でチーズが溶けて固まったんですよ。これをナポリタンと巻きつけて食べるのも良し、崩して混ぜて食うも良し、てな感じです」

「すごい、パルメザンチーズがこんな風になるなんて……」

「こうして食べると、パルメザンチーズかけて食べる時の、あの水分が無くなってパサパサした感が減るんですよね。それが好きという人もいるかもですが、俺はこうした方がナポリタンには合うと思うんですよ」

大樹のその言葉を聞きながら、玲華はソワソワと固まったチーズと一緒にナポリタンを巻いて、口に含む。

「んーっ……！」

またも感極まったような声を出す玲華。色気も出てるような気がして、大樹は少し落ち着かなくなった。

「うう、美味っしい……これはヤバいわ、大樹くん」

真剣な顔で告げてくる玲華に、大樹は苦笑しながら、自分もチーズを絡めて一口食べる。

固まったチーズにより、食感が少しパリッと変化し、更には熱を持ったチーズの旨味がナポリタンの上で広がる。ナポリタンの味の主体である、ケチャップのトマトと、チーズの相性は最早《もはや》言うまでもないだろう。

「――うむ、美味い」

それからは二人は、黙々と食べ進めた。そして同じタイミングで二人の皿が空になる。

「あー、美味しかった」

玲華が満足そうな声を上げる。

「綺麗に食ってもらえて俺も満足ですよ」

そう答えると大樹は席を立ってキッチンに向かう。

「あれ、どうしたの、大樹くん」

「え？　ああ、残りを食べようと思いまして」

答えてフライパンを持って戻ると、玲華は目を丸くして呆気にとられたようになった。

そして大樹がフライパンの中身を皿に盛ろうとしたところで、玲華から声がかかった。

「ちょ、ちょっと待った——‼」

「はい？　どうかしましたか？」

「え、ま、まだあるの……？」

「ええ、一人前より少ないほどですが……」

言いながら大樹がフライパンの中身を見せると、玲華は口をパクパクと開閉させる。

「あー……食いますか？」

流石に聞かずにいれず、そう問いかけると、玲華は少し葛藤した末に——

「く、食う——‼」

そう答えたのだった。

第八話　これって……

「しかし、映画観《み》に行くなんて久しぶりだな、と……」

和室に戻った大樹は、玲華が用意してくれていた黒のスキニーパンツに足を通しながら呟いた。

早めのランチを終え「食べ過ぎたかも……」と少し苦しそうにしながら玲華が淹《い》れてくれた食後のコーヒーを飲み終えると、大樹と玲華の二人は外出するための準備に入った。

行き先は昨夜の寝る前に、玲華が言った通り映画を観に映画館である。

どうして玲華が急に映画に誘ってきたかというと――

『今流行《はや》ってる映画の「天気のかな子」ってあるじゃない？　うちの会社で、それ関連のイベントやることになってね。それなのに私が観てないこと知られたら先方にいい顔されないじゃない？　仕切りは幹部の子だし、私が関わる機会は殆ど無いけど、まったく無いってことも無いのよね。打ち上げのパーティーとか、ね。だけでなく、イベント関係なしに社内でもかなり映画のこと話題になっててね。まだ観てない私としては、たまに置いてきぼりになっちゃうのよ。だから、ね？　大樹くんさえ良ければ、一緒に観に行きたいなーって……ダメ？』

そんな風に可愛らしく言われたら、大樹に断る術《すべ》などなかった。

それが如何にあざとかろうと、浴衣を着て色気を過剰放出してる時点で、大樹は殆ど言いなりに近かったのだから。

そういう訳で今日の午後は駅前にある映画館に行って、そして帰りにパン屋に寄るという予定となったのである。

「……玲華さんと一緒に映画に行きたい人なんて、男女問わずいっぱいいそうだってのに、俺でいいのかねえ……？」

思わずそう呟いた大樹であるが、その疑問の答えを、もしかしたらという願望、希望の形で持っている。察していると言い換えてもいいかもしれない。

「……いやいや、あんな素敵な美人が、俺なんて……」

言葉が紡がれるほど声が弱くなっていったのは、それを大樹自身でも言い切れないほどには、玲華という女性を――いや、人を知ったからだろう。

恐らくであるが、玲華は男を弄《もてあそ》んだりなど出来ない女性だろう。それはこの短い付き合いで知った誠実さからとも言えるし、それが出来るほど器用とも思えないからでもある。

だが反対に社長の顔でなら弄ぶ、では無いだろうが、スケベ親父《おやじ》を掌《てのひら》で転がして、強かに契約をとったりなどは出来るだろうとも思っている。これも時折見せる、玲華のポンコツ臭を感じない一面からだ。

そしてたまに優良企業の社長だなんてことを忘れてしまう大樹の前での玲華は、完全にプライベートでの顔だろう。

そしてそんな玲華が大樹の休日がいつかを知りたがり、会いたがる。会えば、嘘など感じない笑顔で迎え入れてくれる。昨晩など一緒に風呂に入ってくれて酌までしてくれた。温泉好きという大樹の趣向を知っているからかはわからないが、寝巻きとして浴衣を用意してくれて、更には玲華も合わせてそれを着て、隙間なく隣に座って大樹をもてなしてくれた。

それほどのことを、玲華が社長としてでなく、何とも想《おも》っていない男に——

「……やめとこう。これ以上考えるのは——」

鈍感とよく言われる大樹でもそこまで考えてしまったのは、やはり大樹の希望が幾分混じっているからだろう。

大樹は真新しい靴下を履くと頭を振った。

「——大体、期待して違ったらどうする。俺がヘコむだけじゃねえか……」

大樹は長い息を吐くと、白と紺のボーダーのシャツに袖を通した。そして、肌触りも質感も色合いも高級感漂う紺のテーラージャケットを羽織る。

ジャケットに限ったことでは無いが、流石はアパレル系の会社の社長をしているからなのか、大樹の厚めで大柄な体格でも全ての服がサイズピッタリだった。

「……しかし、このズボンもジャケットもシャツも本当に会社に転がってたのか？　新品にしか見えねえぞ……？　それに当然のように、メジャーなブランドものだし……」

玲華から「私も化粧とか着替えとかしてくるから、大樹くんはこれに着替えてね——はい」と軽い調子で渡されたのが、今大樹が着ている服である。

（まさか、下着みたいに買ってきたものじゃ……）

そんなことが頭に過った瞬間に、大樹はその考えを追い払うようにブンブンと頭を振った。

「──やめとこう。これ以上考えるのは……」

先も言った言葉をもう一度繰り返した大樹であるが、今回の方には必死さがあった。

情けないと言うなかれ。残業代も出ない安月給の大樹が、今身に纏っている服を買おうとすれば、恐らく半分以上は飛ぶ。

玲華は会社に転がっていたものを持ってきたと言っているのだ。それを信じるべきである。

「それと……財布だけ、持ってればいいか」

鞄《かばん》から長財布を出して、後ろポケットに入れておく。この服装でビジネス鞄は絶対にとまで言わないが、流石に合わない。

外出の準備、という点では大樹はもうこれで終わりである。

「後は、玲華さんを待つだけだが……女性の準備は時間かかるって聞くしな」

大樹は和室を出てリビングに向かう。当然ながら玲華がそこで外出の準備をしている訳ではない。だから着替え中の玲華にバッタリ会って、ラッキースケベなんてことにもならない。

玲華が先ほど淹れてくれたコーヒーの残りを飲みにいくだけだ。

リビングに入り、まだわずかに熱を持ったポットからカップにコーヒーを注ぐ。

芳醇《ほうじゅん》な香りが大樹の鼻をくすぐる。

「──美味い。本当、コーヒー淹れるの上手いよな。あ、そうだ、ボウルを冷蔵庫に入れておくか」

夕飯はハンバーグである。その時の用意のために、ステンレス製のボウルを冷蔵庫に入れて冷やしておく。

そして、ソファに座ってコーヒーを飲みながらゆったりと二十分ほど過ごした頃か、扉が開かれ玲華が現れる。

「長いこと待たせてごめんねー、もう行けるわよ」

その玲華の姿を見て大樹は思わず立ち上がった。

玲華の外出用の装いは、トップに角度が広めのVネックの白シャツ。その下には黒のレースのキャミソールが覗いている。下はピンクのフレアスカートと、華やかで可愛らしいものであるが、美人顔の玲華にも非常によく似合っていた——いや、似合いすぎていた。

顔も最近見慣れたすっぴんに近い薄化粧でなく、大樹にはよくわからないが、派手にならない範囲で、しっかりメイクしてあるのが、なんとなくわかる。

つまりは今の玲華は大樹が初めて見た時のシャキッとした玲華に近い。だが雰囲気はその時よりグッと丸い感じで、言うなればその時の玲華に可愛らしさが加算されている感じである。

立ち上がって呆然と見惚れる大樹に対して、玲華は玲華で大樹の装いを見てニッコリとする。

「やん、大樹くん格好いい。似合うと思ったのよね、そのコーデ」

近づきながらマジマジと大樹を見ては、満足そうにしている。

「い、いや、今の玲華さんに比べたら、俺なんて——」

玲華に声をかけられて、なんとか言葉を紡ぐと、玲華はまたニッコリとした。

「ふふっ、ありがと。似合う――?」

そう言って、クルリと華麗にターンする。翻るスカートに目がいきかけたが、それよりも玲華の眩《まぶ》しい笑顔に大樹は見惚れた。

「に、似合います。滅茶苦茶似合ってます――!」

力強く真っ直ぐ告げる大樹に、玲華は照れたように頬を染めた。

「あ、ありがとう。でも、大樹くんもその服よく似合っているからね」

「ああ、ありがとうございます。で、それはともかくとして――とりあえず、写真を撮らせてください」

言いながら大樹はカメラを構え、玲華は呆気にとられたようになった。

「え、あれ、え……?」

「はい、では撮りますね――」

と、そこまで大樹が告げると、玲華は一瞬あたふたしながらも条件反射が働いたように、髪を整えながらニコッとした。

そして、撮れた写真を見て大樹は強く頷いた。

「――うむ」

素晴らしい写真であった。今はただでさえ普段より可愛さ二倍増だというのに、ちょっと照れてる感じなのがまた堪らない。

そして深い満足を覚えながらスマホをポケットにしまうと、どこか呆然としていた玲華が我に返った。

「え、ちょっと待って、なんで私写真撮られたの？」

「そんなの、今の玲華さんがすごく魅力的だからじゃないですか」

「……っあ、ありがと。で、でもいきなりじゃない？」

「すみません、少し我を忘れてました」

「――っそ、そう、なの？」

「ええ。じゃあ、そろそろ向かいますか？」

「そ、そうね……いえ、ちょっと待って！」

大樹が話を打ち切って外出へ気を向けると、玲華は流されるように頷きかけたがハッとなった。

「わ、私も大樹くんの写真撮る‼」

「……俺のですか？」

「ええ！　ズルいわよ、大樹くんだけなんて！」

「はあ……俺なんて撮っても、とは思いますが、俺だけなのは確かにズルいのかもしれませんね」

「そうでしょう？　それにその服だって、私一生懸命、大樹くんに似合うの考えたんだから」

そう言って玲華は大樹をパシャパシャと角度を変えつつ何枚か撮り、そして流れ的に大樹が予想していたように、また二人での写真も撮ることになった。それもやはり玲華は大樹と腕を組んできた。

その写真を玲華は満足そうに眺め、大樹のスマホにも送られる。

もうこの流れは大体ワンセットのように思えてきた大樹である。

「――よし、じゃあ、行きましょー！」

スマホをしまった玲華が元気よく手を上げながら宣言し、ようやくおめかしした二人は家を出たのである。

◇◆◇◆◇◆◇

エレベーターを降り、心なしか微笑ましい顔をした鐘巻に見送られて、外に出ると気持ちのいい陽射しが顔に当たり、大樹は目を細めた。

もう近い内に寒くなってくるのだろうが、今日は寒くも暑くもなく、心地良い天気だった。

「んー……今日は絶好のお出かけ日和《びより》みたいね！」

同じことを思っていたようで、玲華が軽く伸びをしながら少し浮かれたように言ってきた。

「そうですね。映画館まで歩くのもこれだと、いい散歩にもなりそうで」

「うんうん――じゃあ、行こっか」

明るく促してくる玲華に大樹は頷いて、二人は並んで歩き始める。

「大樹くんは映画館に最後に行ったのっていつになる？」

軽快に足を進めながら、玲華がなんとなしに聞いてきて、大樹は少し考える。

「確か……もう二年か三年は前だったような」

「あ、けっこう経ってるのね。その頃って何やってたっけ？　何観たの？」

その問いに大樹は少し笑って答えた。

「今日観る映画と同じ監督の作品の『君の名前は』」

「あ、あー……‼　わ、なんかすごい偶然じゃない？」

「そうですね。久しぶりに映画に行くかと思えば、最後に観に行った同監督の新作になるなんてって」

「本当にね。あ、大樹くん自身も興味あったから誘い受けてくれたの？」

「それもありますね」

「よかった。せっかく誘った映画だしね、興味持って観に行くのが一番よね」

ニコッと見上げてくる玲華に、大樹は微笑と共に頷く。

と、同時に大樹は妙な違和感を抱いていた。

それは玲華と会話をしている中で思ったことなのだが、どうにもその正体が掴めず首を傾げていると、玲華も首を傾げて大樹を見上げた。

「――どうしたの？」

声をかけられ、大樹は振り向いた――ところで、その違和感の正体に気づいたような気がした。

「――ああ、そういうことか」

「ん？　どうしたのよ？」

「ああ、大したことじゃないんですよ。さっきから玲華さんと話してて何か違和感あるなと思ってたんですが……」

「あ、それ私も思ってた……何かわかったの？」

大樹は苦笑を浮かべて頷いた。

「ええ──会話してる時の位置ですね」

「位置？……あ」

そこまで言われて玲華も気づいたようだ。

「ええ。俺と玲華さんが話してる時って、基本向かい合って座ってるか、向かい合ってなくとも座ってばかりで──」

「そっか、そういえばこうやって並んで歩いたことって……」

「ええ。殆どないんですよね。強いて言えば、マンションの廊下とエントランスぐらいですか？」

「あっはは、なるほど。けっこう色々二人で話してきたけど、こうやって長く歩くのって初めてだったんだ。おっかしー」

「ええ、本当に」

そう、この二人はまだ出会って数週間と言えど、それなりに顔を合わせているというのに、碌に並んで歩くということをまだしてなかったのである。それが故の違和感だったのだ。

そのことに気づいた二人が声を揃えて一頻《ひとしき》り笑ったところで、玲華が大樹を見上げながら思いついたような顔になった。

「じゃあね？　折角こうやって初めて一緒に歩いてる訳だし――」

玲華は言いながら大樹へと一歩距離を詰め、そして大樹の腕に自身の腕を絡ませた。

「は、初エスコートもお願い、ね――？」

少し恥ずかしそうに顔を赤くして、顔を向けてくる玲華に、大樹は動揺しつつ頷いた。

「え、ええ――任せてください」

「うん」

ホッとしたようにニコッとする玲華に、大樹は緊張を覚えながら前を向き、慎重に玲華と歩調を合わせることに意識を集中した。

そうしている内にふと大樹は思った。

（……ん？　なんかこれってまるでデートみたいな……）

と、今更なことに気づいたのである。

――こうして、二人で初めての外出――デートは、互いに短い距離でスタートしたのであった。

◇◆◇◆◇◆◇

「よしよし、いい時間ね。チケット発券して、飲み物買って――どうしたの、大樹くん？」

少しゆっくりしたら上映時間となるような、グッドタイミングな時間で映画館に着いたことに上機嫌な玲華が、大樹を見て不思議そうになった。

「ああ、いえ――何でもありません」

「うん？　そう？」

「ええ――大変ですね」

思わず漏れた大樹の一言に、玲華が目を丸くする。

「え、ちょっと何なのよ？」

「いえ、気にしないでください」

「ふーん……？」

玲華が怪しみながら追及をやめたが、実際に大したことではないのだ。

それは玲華が隣にいるためか、集まる美女への視線からおまけのように隣で腕を絡めている大樹もジロジロ見られたせいで、ここに来るまで多少気疲れしてしまったということだ。そして普段からこのような日常を送っているのかと思うと、玲華へ先のような言葉を呟いてしまったのだ。

映画館に入ったからか多少減ったような気もするが、代わりに、何となくであるが、熱心な視線のようなものを感じるような気がして落ち着かない大樹である。

ただ、それにも多少慣れてきたところで、気を抜き始めた大樹を玲華が不思議がったのだ。

「ま、いいか。チケット発券しに行こ？」

そう言って玲華がハンドバッグから、映画の前売り券を二枚出してヒラヒラとかざした。

「ええ——あそこですか、今ならそれほど並んでないようですね」

久しぶりの映画館のためか、少し心が浮き立つのを感じながら、大樹は玲華とカウンターへと向かう。

ちなみにだが、玲華の持つ前売り券は会社からの持ち出しである。社でイベントをやるため、関係者のためにと前売り券がけっこう社内にあって、それが余っていたのを持ってきたみたいなのだ。

そうして映画のチケットを前売り券と交換して受け取ると、次は飲食関係かと大樹が玲華に目を向ける。

「飲み物ですが、何か買いますよね？　食べるものは何か買います？」

「んー、そうねえ……今お腹空《なかす》いてないし、大樹くん食べたいものあるなら、それだけでいいんじゃない？　あ、一緒に食べれるものなら、私も少しだけつまみたいかな」

「じゃあ……ポップコーンでも買いますか」

「うんうん、それでいいんじゃないかな」

そこからまたフード関係の列に並び、順番が来て大樹はウーロン茶、玲華はオレンジジュース。そしてポップコーンも頼み、大樹が財布をポケットから取り出した時に玲華から待ったがかかった。

「ちょっと！　私が出すから！」

「は？　いや、チケットが玲華さんの持ち出しなんですから、ここは俺が――」

「そんなの関係ないの！　店員さんこれで――」

止める間もなく玲華は、素早く財布から千円札を二枚出して支払ってしまった。

そしてドリンクやポップコーンが載った映画館の座席用のトレイを受け取ると、歩きながら大樹は玲華に声をかけた。

「ちょっと、玲華さん。さっきも言いましたが、映画のチケットが玲華さんからなんですから、俺が払うのが自然だと思うのですが」

それを聞いた玲華は、やれやれと首を横に振った。

「あのねえ、大樹くん？　私の社会的な立場って何？」

「……そういえば、社長でしたね」

「そういえばって何よ⁉　歴《れつき》とした社長です！」

「はは、すみません。どうにもそれを意識することが少なくて」

実際、この二人が一緒にいる時はずっと家だったのだから、それも仕方ない。

「むう……まあ、ともかく私は社長をやっています。そして、私の方がお姉さんです」

「……そういえば、年上でしたね」

「ちょっと――⁉　大樹くん、私のこと何だと思ってるの⁉」

「いや、そりゃポンコ――ウオッホン」

「全然誤魔化せて無いわよ！？」

「ゲフンゲフン……失礼しました。玲華さんは……まあ、玲華さんですかね」

少し考えてみたが、スタイルの良い美女などと答えるのはこの場の回答しては相応しくないのはわかりきっているし、他に思い浮かばず、こういう答えになってしまった。

「何よ、その答えは……」

玲華は呆れているが、どこか嬉しそうな雰囲気もあった。

「――もう、とにかくね！　私は社長だし！　それにお姉さんだし――だから、私が払うの！」

「いや、そうは言ってもですね――」

大樹が反論を試みるも、すぐに遮られる。

「もう、いいから！　大樹くんは黙ってお姉さんに甘えとけばいいの！」

言いながら大樹がトレイを持つのとは反対の腕に自身の腕をギュッと絡ませて、玲華は得意気に笑う。

なかなかに滅茶苦茶な意見であるが、大樹はどうしてか反論が出来ず口を閉ざされ――そして苦笑を浮かべた。

「――じゃあ、甘えさせてもらいます」

「うむ、よろしい」

どことなく偉そうに、そして胸を張って頷く玲華。

大樹は思わず肩を震わせ、そして顔を見合わせると途端に二人は笑み崩れ、声を立てて笑い合ったのであった。

◇◆◇◆◇◆◇

「大体ねー、私がいる時に私以外が支払うってこと、もう滅多に無いのよね」

「そうなんですか？」

照明がまだ落ちてない劇場で、大樹と玲華は並んで腰を落ち着かせ、映画が始まるのを待っていた。

「そうよ。社内で飲み会なんかに私が参加したら、基本私の支払いよ？」

「そりゃまた太っ腹な……」

「私からの労《ねぎら》いってのもあるしね」

「流石は社長。うちのクソ社長にその男気が――失礼、その気概が少しでもあればよかったんですがね」

「あっはは。いいわよ、別に。そうだ、後輩達の転職活動は順調……？」

「いえ、やはり手こずってるみたいですね……でも、来週辺りには、前にお願いしたことを頼むことになると思います」

「そうなの？　わかった、私はいつでもいいから遠慮しないでね」

「……ありがとうございます」

「もういいから──ねえ、大樹くんは？　転職活動はいつ始めるの？」

「俺は……あいつら──後輩達の転職先が決まり次第ですかね。あいつらより俺が先に辞めたら不味《まず》いことになりそうですし」

「やっぱり、そっか……」

「……？　やっぱり、ですか？」

「そりゃそうよー。大樹くんの後輩への世話っぷり聞いてたらそうするとしか思えないわよ」

「……そうですか」

「ええ。じゃあ、後輩達の転職先が決まってから転職活動始める感じ？」

「そうしたいところですが、仕事しながらでは恐らく難しいでしょうから、あいつらと一緒に辞めてからになると思います」

「そっか……」

「ええ──あ、映画始まるみたいですよ」

照明が落ちてスクリーンが灯《とも》り始めた。

「あ──まあ、でもまだ宣伝からだろうけどね。それもけっこう楽しいけど」

「わかります。映画館の宣伝けっこう好きなんですよね」

「大樹くんも？　映画の宣伝ってすごく面白そうに見えるわよね」

「ええ。で、実際に観てみたら──」

「そう大したことなかったって？　──ふふっ、あるある」

こんな感じに二人は映画が始まるまでの宣伝も雑談を混じえながら楽しんだのだった。

◇◆◇◆◇◆◇

「んー……評判通りに面白かったんじゃないかしら？」

伸びをして大きな胸を強調させながら映画の感想を述べる玲華に、大樹は目を奪われそうになるのを堪えながら同意を込めて頷いた。

「そうですね。まさか、最後をああ持っていくなんてね」

大樹も映画の間に凝り固まった体を解《ほぐ》すように、肩を回し首を振る。

「何も座席の下に落としたりしてないわよね？」

「無い――ですね。じゃあ、出ましょうか」

「ええ」

足元を確認してから、二人は同じく映画を観終えた人の波の中に入る。

そしてゆっくり足を進めている最中、後ろを歩いていた人の不注意か、玲華は押されるように背後の人物の肩にぶつかり、よろけてしまった。

「わっ――」

この時は玲華は大樹と腕を組んでいなかったのが災いしかけたが、つんのめりかけた玲華の手を、大樹は咄嗟《とっさ》に掴んでこと無きを得る。

「あ、ありがとう、大樹くん」

「いえ——」

そして大樹が険しい顔で振り返ると、大学生っぽい男が数人いて、その内の玲華とぶつかったらしき人物が「ひっ」と軽く悲鳴を上げて、すぐに頭を下げてきた。

「す、すみませんでした——‼」

どうやら大樹の強面《こわもて》に相当ビビっているようだ。

「……気つけろ」

「は、はい！　本当にすみませんでした——‼」

大樹はため息を吐くことで了承を示し、前へ首を戻した。

それから大樹と玲華は慎重に劇場を出て、一息吐いた。

「はは……ビックリしたわ」

玲華が苦笑気味に言い、大樹は相槌を打った。

「ええ、ちょうど段にもなってましたしね、ヒヤッとしましたよ」

「ええ——本当にありがとうね、大樹くん」

はにかむように微笑んで礼を告げながら、玲華は握っていた大樹の手をギュッと握った。

そこで大樹は咄嗟に掴んだ手がそのままだったことに気づく。

「いえ——すみません、手繋いだままでしたね」

言ってから大樹は手を放して引こうとしたのだが、玲華はその手の動きについてきて、離れなかった。

「……玲華さん？」

疑問に思って大樹が声をかけると、玲華は頬を染めて俯きがちに口を動かした。

「──そ、その、またさっきみたいなことあったら嫌だし、か、帰るまで、このままでも、い、いい──？」

チラチラと上目遣いにそんなことを言われて、大樹は自分の心臓が一瞬止まったような錯覚を覚えた。

（──くっ、か、可愛すぎだろ、だから──‼）

大樹はバクバクと鳴る心臓の音が聞かれやしないかと心配になりながら頷いた。

「わ、わかりました」

そう答えると、玲華はホッとしたような顔になったかと思えばすぐさま微笑んだ。

「うん──ありがと」

その笑顔に大樹は心臓にとどめを撃たれたような気分を味わった。

「ねえ、ちょっとカフェ寄ってコーヒー飲んでかない？」

「え、ええ。いいですね」

「じゃあ、その後パン屋さん寄って帰ろっか」

「そうですね。ちょうど夕方ぐらいになって、いいかと」

「うん、決まり。じゃあ、行きましょ」

第九話　おかえり

「ただいまー」

「ただいま……？　いや、お邪魔します？」

共に帰宅して玲華が当たり前のように口にした言葉に、大樹もつられて口にすると、いや違うのでは無いかと言い直したのだが、それも違う気がした。何故なら、大樹もこの家から出発して帰ってきたのだから。

「あっはは、そこはもう『ただいま』でいいじゃない。ここから出て、ここに帰ってきたんだから」

「……ですね。ただいま」

そう玲華にも言われて、大樹は苦笑を浮かべて言い直した。

「――はい、おかえりなさい」

ニコッとしてそう言ってくれた玲華に、大樹の胸にほんのり温かいものが走った。

「――ええ、玲華さんも。おかえりなさい」

大樹も返すと、玲華はキョトンとして何故か照れ臭そうに頬を染めた。

「あ、そっかー。あはは、なんか新鮮ね」

「でしょうね。俺もでしたから」

お互い一人暮らしだから「おかえり」の言葉は滅多に聞かないのだ。

そのことから苦笑し合った二人は、靴を脱ぎリビングに入ると、ここまで繋ぎっぱなしだった手に互いに目を落とした。

そう、ここまで殆ど繋いでいたのだ。

カフェで座って休んでいる時はともかくとして、移動している時や、パン屋でパンを選んでいる時も、片方がトレイを持ち、片方がトングを持ってと、とにかく繋いでいたのだ。

その繋ぎ方が手と手を合わせるような形から、指を絡めるような形になったのはカフェを出た時に、玲華から繋いで来た時からか。

途中で手汗が気になったりした大樹であるが、それよりも放したく無い気持ちの方が大きかった。

そうやって繋いでいた手を、少し名残惜しくなりながら大樹はゆっくりと放した。

「あ――」

玲華も名残惜しそうにそう声を漏らすと、仕方なさそうに一息吐いた。

なんとなく見てられなくて何か言おうと思ったが、気のきいたような言葉を思いつかず、代わりにそこから意識を逸らすことにした。

「さて――夕飯作りますか。ハンバーグは作る時間だけ考えたらそう大したことは無いんですが、下準備に時間をかけることがありましてね」

かけずに作れはするが、ハンバーグの場合はこの下準備にしっかり時間をかけるとより美味しくなるのだ。

「ハンバーグ——！」

玲華の顔に明るさが戻った。

「あ、じゃあ、私ご飯炊くね！」

「ええ、任せます。ただ——」

大樹は時計で時間を確認する。十七時前だった。

「今から準備をして時間を置くやつがありますから、食べ始めるのは二十時頃になるので、ゆっくりでいいですよ」

「え、そんなに時間かかるの？」

「時間がかかるというより、置いとくというか——ずっと作業する訳ではありませんが、時間がいるんですよね」

「ふうん？　じゃあ、もうちょっとしてからお米炊いた方がいい？」

「そうですね。俺は早速始めさせてもらいますね」

「ええ」

そうして大樹はキッチンに入り、エプロンをつけて手を洗う。

「さて——まずは、玉ねぎとニンニクか」

冷蔵庫から取り出した玉ねぎとニンニクをまな板に載せて、それらを手早くみじん切りにする。

そしてみじん切りにした玉ねぎを後でスープに使う分を取り置き残ったその内の半分を後でミンチも入れるステンレスのボウルに入れて、ラップをして冷蔵庫に入れておく。

「——え、冷蔵庫に入れるの？　それも……半分だけ？」

切ったばかりのものを冷蔵庫に入れるのを疑問に思ったらしい玲華が小首を傾げる。

「ええ。ハンバーグに入れる玉ねぎなんですが、半分は生のまま入れますので。冷蔵庫に入れるのは温度が上がらないようにするためです」

「ふうん……？」

ハンバーグの作り方がよくわかってないから、そう説明されてもピンとこない様子の玲華に、大樹は苦笑する。

「普通の作り方なら、みじん切りした玉ねぎは全部炒めてそれをミンチと混ぜて焼くんです」

「ふんふん……あれ、なのに半分は生のまま入れるの？」

「ええ——どうしてだと思いますか？」

「う、うーん……………あ！　食感のため？」

その答えに大樹は、驚きを隠せなかった。

「——正解です。よくわかりましたね？」

「え、本当に当たったの⁉　ふ、ふふん、流石私ね」

正解を言い当てたことに自分で驚くも、すぐに得意気に笑って見せた玲華に、大樹は噴き出しそうになった。

「え、ええ、流石は玲華さんですね」

「ふっふーん」

更に調子に乗る玲華は放っておいて、大樹はフライパンを火にかける。油はひかない。

そしてフライパンが熱されると、弱火にして玉ねぎとニンニクのみじん切りをゆっくりと炒める。

「スンスン……ニンニクの匂いってやっぱりお腹が空いてくるわね……」

「そうですね。ニンニクと一緒に炒めるだけで、途端に美味そうになりますよね」

相槌を打ち、玉ねぎの色が変わったのを見ると、大樹は火を止め、冷蔵庫に入れたのとは別のステンレスのボウルに、フライパンの中のものを入れる。そうして、置いておいてあら熱が落ちるのを待つ。その間に、別の作業に入る。

今日はハンバーグということで大樹はポタージュスープを作ることにしたのだが、普通に作ろうと思ったら他の料理との並行作業はなかなかに面倒くさい。なので、とあるものを持っていたりしないか、一応事前に聞いてみていたのだ。するとあるとの返答がもらえたので、大樹はそれを使うことにした。

「玲華さん、スープメーカーってどこにあるんですか？」

「あ、ちょっと待ってね」

玲華がキッチンに入って、バタバタと引き出しを開け始める。

「――あったあった。あ、洗わないといけないか、ちょっと待ってて」

恐らく未使用なのだろう箱ごと仕舞われていたスープメーカーを取り出して、玲華はそう言った。

洗ってくれるのならばと大樹は任せ、冷蔵庫からカボチャを取り出す。二つに切って種とワタを取り出してから、ピーラーを使って皮を剥く。包丁でも剥けるがこれが一番手っ取り早いと経験から知った大樹である。

終わるとカボチャを耐熱容器に入れ、水を少しだけ入れてラップをし、電子レンジに入れる。

「ねえ、カボチャってそんな風に電子レンジに入れていいものなの？」

洗い終わったスープメーカーを拭いている玲華が聞いてきた。

「ええ。と言うか、電子レンジに入れるだけで煮物とか普通に出来ますよ」

「え、そうなんだ……」

「電子レンジは偉大ですよ。材料を混ぜてチンするだけで作れる美味しい料理なんていくらでもありますし、そしてヘルシーに仕上げることが出来ますしね」

「へー？　温めるだけじゃないのね……」

「……こんな立派なレンジを持ってる人の言う言葉とは思えない……」

大樹が脱力しながら口にすると、玲華は目を逸らしてフューフューと、鳴っていない口笛を吹き始めた。

「まあ、それでこそ玲華さん、ってところですか」

「ちょっと!?　聞き捨てならないわよ、それは!?」

玲華がクワッと目を吊り上げると、大樹はお返しとばかりに目を逸らしてピーピーとちゃんと鳴る口笛を吹いた。

「ちょっ！　も、もう――――！」

それだけ言うと、玲華は堪らないとばかりに笑いだし、大樹も肩を震わせてから一緒に大きく笑い声を上げた。

一頻り笑ってから、大樹はレンジから熱されたカボチャを取り出すと、それを一口大にカットしていく。

そして玲華が拭き終えたスープメーカーの中に、切ったカボチャと先ほど取り置いておいた玉ねぎを入れておく。他にも入れるものがあるが、それはまた後でいい。

「ねえ、それにカボチャ入れるってことはカボチャのスープってこと？」

「そうですよ」

「へえ？　カボチャのスープって……どんなのがあったっけ？」

「あれ、思いつくとしたら殆ど一択だと思うんですがね、出てこないですか？」

「ええ？　うーん……」

恐らくポタージュと言えば、理解するのだろうが、ここからポタージュが作られることが想像できないために、答えが出てこないのだと思われる。

「はは、なら、出来上がりを楽しみにしててください……いや、途中で気づくかもしれませんけどね」

「えー……気になるなー」

ソワソワし始める玲華を横目に、大樹は置いておいた玉ねぎとニンニクを確認する。もうすっかり熱は無くなっているようだったので、大樹は冷蔵庫から、出かける前に入れておいたボウルと合挽肉《あいびき》、牛乳、卵、みじん切りだけした玉ねぎを取り出す。そしてキンキンに冷えたボウルに、ボウルと一緒に取り出したものを入れ、更に熱のとれた玉ねぎとニンニク、そしてパン粉とクレイジーソルト、粗挽きブラックペッパー、普通の胡椒、最後にナツメグを少しだけ入れてから、まずはヘラを使って素早くかき混ぜる。

「ねえ、今、冷蔵庫からボウル出してなかった？」

「ええ。昼出かける前に入れておいたんですよ」

「へえ？　どうしてなの？」

「ハンバーグを作るのは熱との戦いとも言えるんですよね。熱って言っても人肌や空気の熱ですが」

「ふんふん」

「肉の脂ってのは、その熱で簡単に溶けるんです。それが溶けると、せっかくの肉汁が減ることになります」

「ああ……なるほど。脂を少しでも溶かさないためにボウルを冷やしてたってこと？」

「その通り……あ、玲華さん、冷蔵庫にまだ冷やしたボウルがあるんですが、それに氷と水を入れてもらっていいですか？」

「え、うん、わかった……」

玲華が用意してくれている間も大樹はかき混ぜる。

「――はい、これでいい？」

氷水の入ったボウルを見て大樹は頷くと、水道で手を洗い、そして玲華の用意したボウルに両手を突っ込んだ。

「ええ――⁉」

「うーむ、冷たい……」

「あ、当たり前でしょう⁉　何やってるのよ⁉」

「いや、そんな心配そうな顔しなくても、大丈夫ですよ」

「そ、そうなの……？」

大樹は苦笑すると、冷えて感覚が無くなりかけた手をボウルから出すと、素早く拭いてから、先ほどまでかき混ぜていたミンチの入ったボウルに手を入れて素手で捏《こ》ねくり回す。

「て、手で混ぜるために冷やしたの……？」

「ええ。この工程があるのと無いのとじゃ味が違いますからね」

「ハンバーグ作るのって大変なのね……いつもお店でこんなことやってたの？」

その問いに大樹は苦笑を浮かべた。

「まさか。手ごねはやっても、いちいち氷水で手を冷やしてとかはやりませんよ」

「え？　なら、何で……」

「そんなの少しでも美味いものを玲華さんに食ってもらいたいからに決まってるじゃないですか。こうした方が美味いものが出来るってわかってるなら、やらずにいれませんよ」

カラカラと笑って大樹が言うと、玲華は俯いて口をモニョモニョとさせている。

「そ、そっか……」

「？　どうしました？」

「な、なんでもないわ！」

心なしか耳を赤くしている玲華に首を傾げながら、大樹は頃合いだと見て手を引っ込める。

そして手早く手を洗い終えると、ボウルを軽く揺らしてみる。

「ほら、これ見てみてくださいよ、玲華さん」

「なに？……わ、トロトロじゃない。これハンバーグの形とか出来るの？」

「そう思うでしょ？」

ニヤッと笑って大樹は、そのミンチの上にラップを被《かぶ》せる。ボウルに蓋《ふた》をするようにではなく、ミンチの上に軽く被せるのだ。そして、それを冷蔵庫に入れて冷やす。

「――よし、これを一時間ほど寝かせます」

「……時間を置く必要があるってのはこういうこと？」

「ええ。じゃあ、三十分ほどゆっくりしてましょうかね。それから他の用意も始めます」

「そっか……コーヒーでも淹れようか？　コーヒーでなくとも、何かお茶でも」

「そうですね……いや、やっぱりコーヒーでお願いします。さっきカフェでコーヒー飲んだ時から、玲華さんのコーヒーが恋しく感じてたんですよね」

　そう言うと、玲華は心から嬉しそうに笑って胸を叩いた。

「ふふーん、まっかせなさい‼」

◇◆◇◆◇◆◇

「へー、意外。大樹くんもけっこうアニメ観てるんだ」

「ええ、何せ毎日のように終電で帰ってきて、それから何か食ってる時なんかにテレビつけるとやってるのが深夜アニメですからね。なんとなく習慣的に流してたら、観るようなってました」

「ああ、そういう……私の場合は会社立ち上げのメンバーの子でアニメ好きな子がいて、観ろ観ろうるさいから観るようになった感じかな」

「なるほど。でも観ると面白いもんですよね」

「ね。気に入ったやつなんか Blu-ray 買っちゃった」

「へえ。何買ったんですか？」

「『ポールルームへようこそ』って、ダンスするやつ」

「あ、あれ面白かったですね」

「ね、面白いわよね！」

「ええ。俺は何回か見逃してしまったんですが、それでも面白かったですね」

「え、見逃した回あるの⁉」

「ええ。最後の大会で言うなら二話ほど」

「ええ⁉ あの大会は一話も見逃したらダメなやつじゃない⁉ いえ、最後の大会に限った話じゃないけど！」

「やっぱりそうですよね……それでも面白いと思えたから、またすごいと思いますよ」

「えぇー……それはそうかもだけど、やっぱりちゃんと観ないと――あ！ Blu-ray 貸そうか⁉」

「あ、それはありがたい――と言いたいところですが、寝る時間が無くなりそうですね。借りると」

「あ、それは不味いわね……じゃあ、いつか家来た時で、ゆっくりする時間なんかあった時に、ここで一緒に観る？」

「ああ、いいですね。しかも、あんな大画面のテレビで観れるなら一層面白そう」

「うんうん、そうしましょ」

「ええ、是非――あ、もう三十分経ってますね」

「あら、本当。いつも思うけど、時間経つの早いなあ」

「ははっ、確かにそうですね」

コーヒーを飲みながら今日観た映画の感想など話していて、それから映画がアニメだったということで、別のアニメ作品の話で盛り上がり、あっという間に時間が経っていた。

キッチンに戻ると、大樹はスープの続きから入った。

カットされたカボチャと玉ねぎが入っているスープメーカーに、追加で水、生クリーム、塩、固形コンソメを入れて、スイッチを押す。後は待つだけである。普通に作ろうと思えば、ちょくちょく鍋を見なくてはいけないので、スープメーカーを使えば非常に楽が出来て助かる。

「——よし」

「へえ、これでスープ出来るの？　材料入れてスイッチ押して待つだけ？」

「ええ。材料次第で色々な味のスープを——なんで俺は持ち主に使い方を説明してるのか……」

「ちょ、ちょっと待ってよ。これに関しては買ったんじゃないのよ？　忘年会のビンゴで当たったのよ？」

「おや、そうでしたか。それでしたら仕方ないと言えますね」

「……何か含んでない？」

「そんな、とんでもない」

大樹が殊更《ことさら》驚いた顔をしてみせると、玲華は怪しむようにジト目を向けてくる。

「私知ってるんだからね、大樹くんがそういう顔してる時は私のことからかってるんでしょ」

「——なんてことだ」

大樹は無念に堪《た》えないように首を二度三度と振る。

「――この手はもう通じないのか」

「もう！　何がこの手よ、やっぱりからかってきてんじゃないの‼」

「残念です。ほとぼりが冷めるまでは封印ですね」

「からかうのをやめろって言ってんのよ！」

玲華がそう言うのに大樹は反論する。

「いえ、前にほどほどにからかうのはいいとＯＫをもらいました」

「あ――う……」

自分で言ったのを思い出したのか、二の句を返すことが出来ない様子の玲華に、大樹はそういえばと口にする。

「あ、そろそろ飯炊きの方、お願いします」

すると玲華は、ぎこちなく笑って、同じくぎこちない動きで自身の大きな胸を叩いた。

「ま――まっかせなさい！」

任せて大丈夫なのだろうかと、大樹は少し不安になった。

◇◆◇◆◇◆◇

すぐ横で米を研いでいる玲華を横目に、大樹はサラダの用意を済ませておく。

大根を前の時と同じような形で大量に切り、続いて玉ねぎを薄くスライスする。これらを氷水にさらしておく。そして水菜をザクザクと切ってサッと水で流して、これはラップをして冷蔵庫に置いておく。ついでに梅干しを取りだす。

　梅干しから種を取り除き、包丁で叩いてペースト状にし、これをボウルに移して、サラダ油、酢、水、砂糖、醤油、和風だしの素を入れながら泡立て器でかき混ぜる。

　ペースト状の梅が綺麗に混ざり、液体っぽくなったら終わりである。

　器の縁《へり》にある部分を指で掬って味見をする。問題ないので、これも小皿に移して冷蔵庫に入れておく。これでサラダの用意は終わりである。

　次は付け合わせで使う野菜を用意する。

　じゃがいもを取り出し、新品のタワシでゴシゴシと洗う。

「え⁉　タワシで洗うの⁉」

　玲華が驚きの声を上げて、大樹は苦笑する。

「ええ。じゃがいもってのは泥がついてますからね。皮を剥くなら、ここまでして洗う必要は無いんですが」

「へ、へえー？」

　おっかなびっくりな玲華の前でじゃがいもを洗い終えると、縦にくし切りする。

　切り終えたら容器に入れてラップをして、レンジで加熱する。じゃがいもに関しては下準備としてこれだけしておく。

　そしてほうれん草を取り出すと、五センチほどの長さに切って鍋に入れ、軽く茹でておく。

茹で終わるまでの間に、ニンジンをラグビーボールのような形に切っていく。切り終えたらこれも鍋に入れ、水で浸《ひた》すと砂糖を加えておく。これに関しては火をかけるのは後だ。ハンバーグを焼く前ぐらいに火をつけるぐらいでちょうどいいはずだ。

それから茹で終えたほうれん草を、水切り用のボウルに入れて、水を切りつつ冷めるのを待つ。

最後にミニトマトを取り出し、ヘタをとって洗うと、半分に切って器に入れ、ラップをして冷蔵庫に入れる。同時にミンチを入れておいたボウルを取り出し、中を確認して大樹はニヤリとする。

「——いい感じだ。ほら、見てみますか、玲華さ——どうしたんですか?」

ミンチがどうなってるのか見せようとしたら、米を研ぎ終えた玲華がポカンと大樹を見ていた。

「——あ、えっと、料理してる時の大樹くんって、テキパキ動くなって前にも言ったと思うけど、今日はいつにも増してだな、って思って……」

「……そうですか」

つまりは褒めてくれているのだろうと思って大樹は苦笑を浮かべる。

「店の厨房《ちゅうぼう》だったら色々と並行作業で進めますからね、こういうのに慣れてるだけです」

肩を竦めて言うと、大樹は玲華へ歩み寄る。

「そ、そうなんだ、大変そうね、飲食店の厨房って……」

「そうですね。それよりもこれ見てみますか」

「うん？　――あ、なんかさっき見た時と違って、ちょっと固そう？」

「ええ。なので、これでハンバーグの形にすることが出来ます」

「あー、なるほどねえ。だから冷蔵庫で冷やしてた訳か」

「そうです。後はこいつを形成して焼けばハンバーグの完成です」

「ふんふん」

目を輝かせる玲華の前で大樹は手を洗うと、再び氷水のボウルで手を冷やして、サラダ油を手に垂らして軽くなじませる。それからミンチを掌に乗せて両手でポンポンとお手玉のように投げて空気を抜く。

「あ――！　それ知ってる！　空気抜いてるのよね？」

「そうです」

頷くと予想通り得意気になった玲華をからかおうかと思った大樹だったが、ふと思い立って言った。

「玲華さんもやってみますか？」

「え……わ、私が――？」

「ええ。特に難しいものでも無いですし」

「だ、大丈夫かな、私がやって台無しにならないかな――？」

心配そうな顔になる玲華を大樹は笑い飛ばした。

「はは、大丈夫ですよ。そう心配しなくても。そうだ、俺の分をやってくださいよ」

「え、私が大樹くんの分を——⁉」

「はい。今やってるこれは玲華さんの分にしますから」

「あ——わ、わかったわ、やってみる——！」

拳を握り意気込んで頷く玲華に、大樹は思わず微笑を浮かべた。

そして玲華が手を洗って大樹と同じく氷水に手を浸そうとしたのを見て口を挟む。

「玲華さんまで、手は冷やさなくていいですよ」

「え——？　でも、こうした方が美味しくなるんでしょ？」

「そうですが、無理はしなくても。そもそも女性の方が体温は低いですし——」

「もう、大樹くんはしてくれてるんだから、私もするわよ！　——ひゃあ、冷たい⁉」

「だから無理しなくても——」

「いいの！」

玲華はブルッと体を震わせて手を引き抜くと、いそいそと手を拭ってサラダ油を垂らしてなじませてから、ミンチの入ったボウルに手を入れる。

「無理に大きいの作ろうとしなくていいですから、こうやってポンポンと投げれるだけの分量でいいですから」

「……でも、それだと大樹くんの小さくなっちゃうんじゃない？」

「構いませんよ。余ったので小さいの俺がもう一つ作りますから。それで俺の分は十分です」

「そっか」

そして玲華は大樹の手元を見ながら、ぎこちなくポンポンと投げ始める。

「――そうそう、普通に出来てますよ」

「本当に？　問題ない？」

「ええ。問題ありません」

「そっか――ふふっ」

それからはぎこちなさも無くなり、微笑まで浮かべてスムーズに作業を進める玲華。

（……ここはポンコツが出なかったか……）

ホッとした大樹であった。

それから大樹は余ったミンチも同じように処理し、大中小の大きさの三つのハンバーグのパティの形成が終わる。玲華の形成した分に関しては最後に大樹が少しだけ手を入れたから、三つとも表面にヒビも無く綺麗なものだ。真ん中には軽くくぼみを作っておく。

「ふんふん、いい感じじゃない？」

ニコニコする玲華に、大樹は同意するように頷く。

「ええ、じゃあ、焼き始めますか」

そこでフライパンを準備する前に、ニンジンの入った鍋にバターを入れて火にかけて煮込み始めておく。

それからガスコンロの上にフライパンを二つ並べて、一つにはオリーブオイルをたっぷりと注ぎ、もう片方は少しだけ垂らしてからこちらだけ火をつける。そしてフライパンに熱が十分に通ったら、パティを並べる。

ジュウ――とフライパンの上で音が鳴るのを、玲華が興味深そうに眺めている。

そして頃合いと見て、三つともひっくり返して蓋をし弱火にする。そしてニンジンの入った鍋が沸騰しているのを見て、こちらも弱火にしておく。

それからパティの入ったフライパンの蓋を開けてまたひっくり返すと、もう一つのオイルがたっぷり入ったフライパンに火をつける。こちらが熱されたのを見てから、大樹はそこにレンジから出したじゃがいもを大量に投入する。

「……もしかして、同時にポテトも作ってるの？」

流石にポテトを作っていることはわかったらしい玲華。

「ええ。やっぱりハンバーグの付け合わせにはポテトでしょう？」

「うんうん……にしても、並行して色々進めているのね？　このニンジンもよくお店で一緒に出てくるのと同じやつなのよね？　すごくいい匂い……」

鼻をスンスンとさせている玲華に、大樹は微笑を浮かべる。

「そうですね。なるべくなら全部温かいうちに食べたいですからね」

「ふふっ――ええ、そうね」

大樹はじゃがいもを転がしながらパティからも目を離さない。

そしてポテトを炒める手を止め、ハンバーグのフライパンに赤ワインを注ぎ、強火にするとフライパンを傾けて、引火させてフランベ。

ボウッとフライパンの上に火柱が立つ。

「わあー！」

玲華が感嘆した声を出して、目をキラキラとさせている。

アルコールが飛び火柱が無くなると弱火にして、また蓋をする。

そして蒸し焼きしている間にポテトを炒め終えておく。そして、こちらの火を止めてからハンバーグの方の蓋を開ける。

ブワッと赤ワインの香りが広がり、思わず頬が綻ぶ。

そしてハンバーグの中心を指で軽く触れていく。

（……大きい方はまだ完全じゃないが……まあ、大丈夫か）

焼き加減をそれで確認し終えた大樹は、フライパンを傾けハンバーグから出た肉汁を片側に寄せ、その上に中濃ソース、ケチャップ、再びの赤ワインを投入し軽くかき混ぜてから蓋をして最後の蒸し焼きをする。

この間にポテトをキッチンペーパーを乗せた皿に移しておく。

「だ、大樹くん……暴力的にいい匂いが……」

玲華が今にもよだれを垂らしそうな顔で、蓋がされたフライパンを凝視している。

「もう完成しますから、テーブルの用意しながら待っていてください」

大樹が苦笑してそう言うと、玲華はいそいそとテーブルを片付け布巾で拭き始めた。

蒸し焼きはもう十分だと見た大樹が蓋を開けると、先ほど以上に暴力的な匂いが辺りに漂い始め、玲華がサッとこちらに振り返った。構わず大樹はフライパンを揺すりながらソースを煮詰めていく。その際、スプーンでソースをハンバーグにかけるのも忘れない。

次第にソースはとろみが出てきて、ハンバーグには照りがつき始め——完成である。

ここで焼き加減を見るために爪楊枝《つまようじ》など刺すととんでもないことになる。試さずとも大樹には何が起こるかわかりきっている。

火を止めて、蓋をしておくと他の仕上げ作業を始める。

水が切れているほうれん草を器に盛って缶詰のコーンも乗せてから醤油をかけ、その上にバターを乗せてレンジでチンする。水菜、大根、玉ねぎを順に器に山のように盛り、梅で作ったドレッシングをかければサラダの完成。ミニトマトが入った器にはオリーブオイルと酢とクレイジーソルトをかけて軽く混ぜ、バジルをかける。これにてミニトマトのマリネの完成である。これらをしている間に電子レンジが音を鳴らす。これにてほうれん草コーンのバター醤油がけが完成。

「——つ、次々と料理が出来上がっていく……」

その様子を玲華が呆然と見ている。

「はは。さあ、これらはもう終わってるので、テーブルに運んでいってくれますか」

「は、はい——!」

玲華が思わずといったようにピシッと敬礼をして、キッチンとテーブルを往復し始める。

そして付け合わせの最後の一品、ニンジンが入った鍋を見てみると、上手く煮詰まっていたようで、いい具合に煮汁が減っている。強火にして仕上げの焼きを入れて照りが出たところで完成である。

それからメインのハンバーグを皿に乗せ、ニンジンとポテトを添える。大樹の皿には玲華が形成した中くらいの大きさのハンバーグと小さめのハンバーグの二つだ。フライパンに残ったソースをそれぞれにかける。そしてその上にコーヒーで使うフレッシュクリームをかけると、黒のソースの中に白の模様が出来て、見栄えが更に良くなる。

最後にスープメーカーを開け、蓋についている部分を指で掬って味見をし、問題ないことが確認できたので、器に流す。

「――よし、全部完成」

第十話　勝手にハマっている

「はわわわ——ふぁわわわ……」

玲華が感嘆しているのか、よくわからない声を出し、忙しなくテーブルをグルグル回りながらスマホのカメラで食卓をパシャパシャと撮っている。

「す、すごい——私の家のテーブルの上にこんなにも美味しそうな料理が彩りよく並んでいるなんて——‼」

感無量といった様子の玲華に、大樹は苦笑を浮かべずにはいられなかった。

テーブルの上には、水菜と玉ねぎと大根のサラダ。水菜の緑が下に、その上に大根が白い山を作り、同じく白い玉ねぎが乗っているが、その上には梅で作られた赤いドレッシングだ。大根と玉ねぎの上にかかっているせいかピンク色に見え、見栄えという点では、これが一番かもしれない。

その隣には半分にカットされたミニトマトのマリネだ。ミニトマトはそれがあるだけで一層食卓が色鮮やかになる。

そしてほうれん草とコーンのバター醤油がけ。緑と黄色のものが横に並ぶことで、これら前菜の色合いがグッと落ち着いたように感じる。

買ってきた様々なパンは玲華が綺麗にカゴに盛り、テーブルの中央に置かれている。

それぞれの席の前にあるスープはカボチャのポタージュだ。黄色とオレンジの中間のような色合いで、香ばしくホッとさせるような匂いをこれでもかと発している。横には玲華が盛ったライスもある。

そしてメインのハンバーグの皿からは、ソースのせいで胃に対して暴力的な匂いが立ち昇っている。照りのある黒いソースの中に白いクリームで点々と模様があって、それが期待を高め、見てるだけで腹が減ってくる。付け合わせとして甘く煮込まれたニンジンのグラッセに、バジルとブラックペッパーをかけられたベイクドポテトが添えられている。

「玲華さん、冷めてしまいますし、撮影はその辺にしてそろそろ食べましょう」

作っていた大樹自身も匂いのせいで、大いに腹を空かせている。

「あ、そ、そうね——！　ええ、食べましょう、食べらいでか！」

変に気合いの入った返事が来て、大樹は軽く噴き出した。

「ぐっ——くっく、なんですか、それは」

「え、なにが？」

こてんと小首を傾げる玲華の様子から、先ほどのはどうやら無意識だったようだ。

ともあれ、玲華が大いに喜んでくれているのがわかって、大樹はもう食べる前から達成感と充実感が体中に広がるのを覚えた。

「はは、いいです。とりあえず、席に座りましょう」

「そ、そうね。あ、グラス持って？」

座って尚《なお》、ソワソワしている玲華は用意してくれていた瓶ビールを向けてきて、大樹はおとなしく注いでもらい、そして注ぎ返す。

「じゃ、じゃあ――大樹くん、こんなにも素敵なお料理作ってくれて、ありがとう！　そしてお疲れ様――乾杯！」

「乾杯」

グラスをぶつけ合うと、大樹は調理中に乾いていた喉を潤すためというのもあって、グラスの中身を一気に飲み干した。

「――っはあ、美味え」

「――はい」

するとすかさず玲華が見越していたように、瓶ビールをこちらへ向けながら微笑んでいる。

「どうも――玲華さんもどうぞ、食べてください」

「ええ――！」

玲華は箸を持つと、悩む様子も見せずに梅ドレッシングがけ大根サラダへ手を伸ばした。

前から思っていたことだが、玲華はメインにいきなり手を伸ばしたりせず、サラダや前菜から食べ進めていくタイプのようだとそれを見て改めて感じた。

いきなりメインから食べる人が悪い訳ではないが、サラダや前菜はメインの後に食べると、ボリュームや味の濃さといった点ではどうしても劣ってしまうから味がボヤけるように感じてしまう。なので全ての料理をちゃんと味わおうと考えると、メインの前に食べるのがやはり良いのだ。

だから玲華がよだれを垂らしそうなほど、ハンバーグに気をとられながらも、サラダからちゃんと味わおうとしてくれる姿は、作り手である大樹からしたら好感を覚える。

玲華は山盛りになってるサラダから、自分の分だけでなく大樹の分も小皿に乗せて取り分けた。

「いただきまーす――……！」

噛み進めるごとに大根のシャクシャクとした音が鳴った末に飲み込んだ玲華は、困ったように微笑を浮かべた。

「大樹くん、これ……なんか、食べれば食べるほどお腹が空きそうな……」

言ってる傍からお腹の鳴る音が響いて、玲華は顔を赤くして俯いた。

思わず肩を震わせて笑う大樹を、玲華はキッと恥ずかしそうにしながら睨んだ。

「は、ハメたわね――!?」

「くっくく――い、いや、待ってください。流石に玲華さんのお腹が鳴ることまで計算出来ませんよ」

「むう……怪しいわ……」

「そ、それより味はどうでしたか？　気に入りましたか？」

「ちょっと癪《しゃく》だけど……すっごく美味しい。大根と玉ねぎはシャクシャクして甘いし、水菜はいいアクセントになってるし、何より梅のドレッシングの酸味のせいでいくらでも食べれちゃいそう」

「それは何より。昼に生野菜を取り損ねたので、多目に作ったから、どんどん食べてください」

「……ずるい。そう言われたら怒るに怒れないじゃない」

「……怒ってるんですか？」

「……いーえ！」

そう言ってニッコリした玲華は、再びサラダを口に入れて、美味しそうに口端を吊り上げた。

そんな玲華を見て思わず大樹の頬が綻ぶ。だけでなく大樹も腹が一層減ってきたので、玲華が取り分けてくれたサラダを大口開けて頬張った。

すると口の中に広がるのはまず梅の酸味である。酢も混ざっているだけあるその酸味は、醤油と砂糖によってまろやかにされ、旨味が広まる。そして酸味のせいで唾液がジュワッと出てきて、早く口の中のものを噛めと急かしているように思え、そして噛めば大根と玉ねぎのシャキシャキとした食感と甘みである。そして飲み込む時に水菜の苦みが走って、後味が良くなり、また一口一口と食べたくなる。

「――うむ、美味い」

口端についたドレッシングを拭ってビールを飲んでいると、玲華がチラチラっとこちらを見ているのに気づいた。

「――どうしました？」

「べ、べっつにー？　何もないけどー？」

どこかつまらなそうにそんな返事をする玲華に、少し訝しんだ大樹だったが、すぐに疑問は氷解し、また肩を震わせた。

「くくっ――俺の腹は鳴りませんでしたね」

「ぐぬぬ――べ、別にそんなこと考えて無かったし？」

どう見てもそう考えていた玲華が、強がるように言ってプイッと目を逸らす。

「そうでしたか、それは申し訳ないです。俺も鳴るかなと思ったんですが、これぱっかりは俺の自由になりませんで――」

大樹がさも悔しがるかのように言うと、玲華は顔を真っ赤にして抗議の声を上げた。

「違うってんでしょうが――!!」

大樹はもう我慢出来ずに声を立てて笑ってしまった。

「むー……」

ジト目になった玲華は唇を尖らせて「ふんっ」とそっぽを向いて、ほうれん草へ箸を伸ばして、焼けクソ気味に口に入れた。

「！　うわ……美味しい」

目を丸くしてから玲華はまた一口とって頬張り、幸せそうに噛みしめている。

「ああ、それ美味いでしょ。作り方はこの中でも一番楽で簡単なんですが、俺の好物の一つですよ」

「うん、確かちょっと茹でて醤油とかかけてレンチンしたぐらいよね？　すごく美味しい」

「ええ、バター醤油は一種の魔力がありますよね」

笑いが収まった大樹も、一緒になって一口頬張った。

ほうれん草とコーンのバター醤油がけ。名前の通りの味であるが、これの美味いところはほうれん草の単純な味が、バターの香ばしさと醤油のしょっぱさによって、どこまでも引き上げられている点か。更にコーンの甘みが加わって、食べ始めたらその食べ応えの軽さもあって、ついつい止まらなくなりそうになる。

「ねえ、大樹くん、これ止まらなくなりそう……」

ひょいパクひょいパクと箸を往復し続ける玲華に、大樹は苦笑する。

「気持ちはわかりますが抑えてください……今度は、こっちでも」

ミニトマトのマリネを手で示し、大樹は玲華と一緒に半分にカットされているトマトを口に入れる。

オリーブオイルの風味が、優しくトマトの酸味を包んでいる。お菓子感覚でこれもどんどん口に入っていきそうな一品である。

「うん、ミニトマト――って感じだけど、味が濃厚に思えるわね。あと、すっごくイタリアンって感じ？」

「生ものにオリーブオイルをかけると、それだけでグッとイタリアンに感じるマジックですね」

「え？　そうなの？」

「ええ、例えばですが——刺身にオリーブオイルをかけて、レモン汁垂らして、ブラックペッパーでもかければ、立派なカルパッチョですよ」

「ああ——！」

覚えがあるのだろう。非常に理解した顔になった玲華。

「イタリアンも美味しいわよね。大樹くんはイタリアンは好き？」

「好きですよ。高校の時に少しハマって色々覚えましたね」

「じゃあ、やっぱりイタリアンも作れるんだ？」

「ええ。何か食べたいのがあるなら言ってくださいよ。大体は作れると思います」

「やん、嬉しい。じゃあ、食べたいの出来たらリクエストさせてもらおっかな」

「いくらでもどうぞ」

ニヤッと笑って返すと玲華はニコッとして、スプーンを手に取りスープに目を落とした。

「これカボチャのスープなのよね？　ポタージュだったんだ……。ポタージュって家でも作れるものなのね」

感心した風な玲華に、大樹は苦笑する。

「ええ。見てたからわかると思いますが、スープメーカー使うと非常に簡単で楽に作れます」

「ふんふん——いい匂い」

匂いを十分に堪能してから、玲華はスプーンでスープを掬い、上品に思える仕草で口に運んだ。

　大樹はほうれん草をもう一口食べてから、玲華と同じくスープを口に入れる。

　途端にカボチャの濃厚な味と香りがクリーミーに広がる。文句無しに美味かった。これがスープメーカーに材料を突っ込んでボタンを押しただけとは思えないほどだ。

　大樹が出来栄えに頷いていると、玲華がほうと満足感溢《あふ》れる息を吐いた。

「ふふっ――美味しい。今すごくレストランに来てる気分になっちゃった」

「ポタージュはそういうところ確かにありますね」

「うんうん――あ、これパンにつけて食べても美味しいんじゃない？」

「文句無しに美味いと思いますよ」

　ニヤリと笑って大樹はカットされたバタールを取ると、スープにつけて齧《かじ》る。玲華も競うようにしてパンを手に取りチョンとスープにつけて口にする。

　スープを吸ったパン生地はそれだけでボリューム感が増す。更にはバタールの皮生地のパリッとした食感もまた心地良い。

「んー、美味しい……パン自体も美味しいわね、これ」

「ええ、いい腕です」

　パン屋の職人に大樹が賞賛の言葉を贈ると、玲華がクスリと笑う。

　そして手に残ったパンを頬張ると、玲華は居住まいを正し、ふんすと気合いを入れたような顔になってハンバーグへ目を向けた。

「それではいよいよ、このハンバーグちゃんを——」

その言葉に大樹は軽く噴き出しながら、玲華と同じくハンバーグに箸を刺し入れた。するとすぐさま、刺さった部分から汁が滲み出てきた。

それに気づいた玲華が目を丸くするも、続けて箸を動かして一口分ほどの大きさを切り離す。

玲華が思わずといった様子で驚きの声を上げたのはこの時だった。

「す、すごい……だ、大樹くん、これ肉汁なのよね？　すごい勢いで流れ出てくるんだけど」

玲華がそう言った通りに一部を切り離されたハンバーグの断面からは、金色がかった肉汁がスープのように溢れ出ている。

「——ええ、思った以上に良い出来ですね。手を冷やして作った甲斐があったってとこですかね」

「多分それだけじゃなく大樹くんの工夫があると思うんだけど……そうね」

マジマジとハンバーグを見ながら相槌を打った玲華だが、ハッとなった顔に焦りの色を浮かべた。

「ね、ねえ!?　私がその……アレ——ポンポンしたやつは大丈夫なの!?　ちゃんと出来てる!?」

どうやら空気抜きの言葉を思い出せなかったらしい玲華のその物言いに、大樹は肩を震わせた。

（さっきは知ってたのに……）

「大丈夫ですよ、ちゃんと美味そうに出来てます」

「そ、そっか。よかった……私のせいで大樹くんの仕事、台無しにしたらどうしようかと思ってたのよね」

「はは、そうでしたか。でも俺は玲華さんが丁寧にやってくれてたのを見てましたから、何の心配もしてませんでしたよ」

大樹が笑い飛ばすと玲華は頬を染めて口をモニョモニョさせた末に、嬉しそうに微笑んだ。

「そう、ならよかったわ」

「ええ──じゃあ、冷める前に食いましょう」

「ええ──！」

頷いた玲華は大樹と同じタイミングで、ハンバーグを口に入れた。

「んぐ──!?」

口の中にハンバーグを収めた玲華が、途端に目を丸くしてそんな驚いた声を出した。

そして何か伝えようとしたのか口に手を当てたが、何も発さずどこか必死な様子でモグモグとハンバーグを噛みしめている。

玲華が何を言いたいのかは、大樹も予想がついている。一口目を飲み下した大樹は、急かされるように手を動かして、もう一口分を箸で切り取り口に放り込んだ。

するとソースの香りが口から鼻を突き抜けて暴力的に動き回る。その濃厚さ故に一瞬飲み込みたくなる衝動が襲いかかるが、我慢して口の中のハンバーグに歯を突き立てると、今度は肉汁がジュワッと溢れ出てくるのだ。それがソースと混ざり、より一層凶悪的に口の中を暴れまわる。またも飲み込みたくなる衝動を抑えて顎を動かすと、肉厚な食感が満足感を与えてくる。そして更に口を動かしていると、玉ねぎがシャキシャキとした存在を主張してくるのだ。これは熱を通したのと、生のままのを混ぜて入れた効果である。熱の入りが違うために、固さが違うから互いの食感を引き立て合って強く感じさせているのだ。そして飲み込むと、最後にソースの上に乗っていたミルクがほんの少しのまろやかさをアクセントとして置いていく。

こうなると出てくる言葉は一つだ。大樹も玲華も、ほうと満足感からの息を吐いて――

「美味い――――！」

「美味しい――――‼」

玲華はそれだけ告げると目を輝かせ、いそいそと二口目を頬張り、幸せそうに目を細めて頬を緩ませた。

そしてゴクリと飲み込んだ音が聞こえたと思うと、再び満足そうに息を吐いた。

「――あ、飲み込んじゃった。今度はご飯も一緒に食べようと思ってたのに」

しまったと言わんばかりの顔でそう零した玲華に、大樹は思わず笑みを浮かべた。

その一言にどれだけ自分の作ったハンバーグを美味いと思ってくれたかが十二分に窺えたからだ。

それがどれほどの満足感を大樹に与えてくれるか、その笑顔がどれほど大樹に喜びを与えてくれるか、玲華は知りもしないだろう。

グイッとビールを傾けて一気に飲み干し、体から湧いてくる力が漲《みなぎ》ったような息を吐く。

「――っはあ！　美味い‼」

玲華は気合いが入ったような大樹のその声に目を丸くすると、クスと微笑んでビール瓶を傾けてきた。

「ふふっ、本当に美味しいものね、このハンバーグ」

「……ええ、そうですね」

ビールを美味しく感じさせたのはそれだけではないが、それを言うのは何か勿体ない気がして言わないでおく。

ビールを注いでもらった大樹はまたハンバーグを頬張ると、米を寄越《よこ》せという本能からの要求のままにガツガツとライスを口に運ぶ。

それを見て玲華も幸せそうにハンバーグとライスを頬張る。

「――ああ、これはご飯が止まらなくなるわ。抑えないと太っちゃう」

「サラダはまだたっぷりあるので、どうぞ」

「……今更だけど、至れり尽くせりね」

それを聞いて大樹は思わず苦笑する。

「それは昨日からの俺のセリフなんですがね……」

用意してくれた露天風呂、風呂での酒、玲華の艶姿、浴衣、布団、着替えと、これこそが正に至れり尽くせりだったろうとの大樹であるが、玲華はピンと来なかったようで小首を傾げている。

「そう……？」

「ええ、風呂と酒だけでなく、歯ブラシや細かいものまで用意してくれていて……それに服もですか。俺は本当に手ぶらで来ただけで済みましたよ」

「ああ……でも、それは私から言ったんだし、泊まるのなら必要なものでしょ？　服なんかは大樹くんに似合いそうなの選ぶの楽しかったしね、私自身は特に何かした気は無いかな」

サラッとそう言えるのがまたすごいものだと、大樹は苦笑を浮かべた。

「ありがとうございます」

「どーいたしまして！」

大樹が礼を告げると、玲華はまた魅力溢れた笑顔で返してきた。

そうして和やかな空気の中で、二人は食事を進める。

サラダをつつき、スープを啜《すす》り、最初から少なめだったライスが無くなった玲華はパンと一緒にハンバーグを食べてと、互いに舌鼓を打つ。

「んんっ――……このニンジンすっごく美味しいわね？　バターの香りと甘みが堪らない」

「ああ、ニンジンのグラッセですか。美味いでしょ」

「ええ、本当に美味しい――ふふっ、ハンバーグのソースがちょっとかかってるのもまた美味しいわね」

「ポテトも皿の上の分だけでなく、まだあるので、入るのならどうぞ」

「……食べたいけど、今ある分以上は流石に食べすぎかも……」

そう言って玲華が悔しそうに唸るのを見ながら、大樹もニンジンのグラッセを口に入れる。

すると口の中にバター風味の甘みが広がる。噛むと、熱が通ったニンジン特有の甘みも出てくるがスッキリとした甘さで、くどくなく食べやすい。これはポテトと同じく、まさにお菓子感覚で食べられる付け合わせである。

「うん――上出来だな」

「ふふっ、うん、美味しいね」

そうやってニコニコして幸せそうに食べてくれる玲華がいるから、また飯とビールが美味く感じられる。大樹はポテトを齧って、口の中に塩気を感じながらまたビールを傾けて飲み干す。

「美味い――」

まったく文句のつけようの無い夜だった。

◇◆◇◆◇◆◇

「――それでね、何度言っても、残業やめてくれないのよ」

「ははあ……聞けば聞くほど、うちとは違うなと思わされますね。うちの会社だと、仕方ないから残業やってるのに対し、そっちは仕事をもっとしたくて残業してる訳なんですよね？　よほど働き甲斐を感じてるんでしょうね」

「そうは言ってもねえ……経営者としては社員の平均残業時間が増えるのは好ましくないのよ？」

「確かにそうかもしれませんが……それもこれも、玲華さんの手腕のおかげなんでしょうね。よほど会社の居心地が良いんでしょう。羨《うらや》ましい限りですよ」

「そう思って働いてくれてるのなら私も満足よ？　でもね、納期がまだずっと先にある仕事を残業して早く終わらせて、余った時間で会議して新しい企画考えて企画書作って提出してきて、また仕事してって——エンドレスで残業するのよ？」

「……何か執念を感じますね」

「でしょう？　注意しても全然応えてくれないし、何より厄介なのが、どれもこれもいい企画ばっかりで……‼」

「……優秀な人が揃ってるみたいですね……」

「そうなの‼　実績があるからまた強く言えなくて……！　言っても応えてくれないけど……」

そう言ってため息を吐く玲華に、大樹は苦笑を浮かべる。

「言ってもダメなら時には強引にその人達のタイムカードを切って、部署の電気切ったりして追い出したりするのもいいのでは？」

「……無理矢理だけど、一考の価値はあるわね……」

目に真剣な色を浮かべて、考え始める玲華。

こうやって仕事の話を聞いていると、本当に社長なんだなと今更なことを実感する――いや、出来る。

テーブルの上の食事は既にあらかた片付いている。

大樹は多目に作ったポテトと一緒にビールをチビチビやっているが、玲華はもう食べ終えている。食べすぎたとお腹をさすっていたが、大樹からしたらそう膨らんでいるようには見えなかったのが印象的だった。

そうして食後の余韻と共に雑談をしていると、今日映画を観に行ったきっかけが会社の企画だということで、玲華の会社の話に流れて行き、その話が経営者目線ということもあって面白く、大樹は夢中になって話を聞き、そうやって大樹が熱心に聞くものだから玲華も張り切って話をしてと、二人の会話は大いに盛り上がっていたところだった。

だが、楽しい時間に終わりはつきもので――

「――あ、もうこんな時間か」

ふと時計を見ると、もう二十二時を過ぎていたのだ。

いい加減、帰って明日に備えなくてはいけないなと、大樹はグラスをテーブルに置いた。

「……そっか、もう帰らないといけないか、大樹くんは」

玲華は大樹の気のせいでなければ寂しそうに呟いたが、すぐ笑顔になった。

「後片付けは私の方でやっておくから。気にしないで」

「……すみません、お願いします」

「はい、まっかせなさい！　――……じゃあ、帰る？」

「……そうですね」

大樹はどこか言い様のない重みを体に覚えながら、腰を上げる。

「そういや、この服どうしましょうか。着替えて置いていった方がいいですか？」

また泊まりに来た時のために置いておくべきか、もしくは会社に戻したりするのだろうかという二重の意味で問いかけると、玲華はきょとんと首を傾げた。

「え？　なんで？　そのまま着て帰ればいいじゃない」

「えーっと、会社に戻したりする必要とかは？」

「あはは、そんな必要無いわよ」

「また泊まりに来た時用に置いておくとかは？」

「その時はまたその時に用意するわよ。それに今からスーツに着替えて帰るなんて大樹くんだって嫌でしょ？」

「それは、まあ……そうなんですが」

サラッと言われて、大樹はそんな風にしか返せなかった。

「ほら、そんなこと気にしないでいいから。鞄は和室に置いてるのよね？」

そう促されて大樹は鞄を、玲華は大樹のスーツが入った紙袋を取りに行くために席を立ったのである。

◇◆◇◆◇◆◇

そうして玄関を出て、玲華と共に廊下を歩いていると、視界の端で玲華がチラッチラッと見上げてくるのに大樹は気づいた。見上げた後に、鞄を持つ大樹の手に視線をやるのもだ。

（……流石にこれは勘違いとかじゃなくアレだよな……）

大樹は密かに気合いを入れると、心臓が波打つのを感じながら鞄を反対の手で持ち直すと、空いた手を玲華の手へ、そろそろと伸ばす。

すると玲華は速やかにそれに応えてくれて、しっかりと繋がれる二人の手。

足を止めず安堵の息を吐きながら玲華の方へ振り向くと、玲華は頬を染めて嬉しそうにはにかんだ。

「ふふっ――」

その時、大樹は一瞬心臓が止まったのをハッキリと自覚した。顔が真っ赤になったことも同時にだ。

慌てて正面を見据える。その調子につられて足を早めそうになったが、それはすんでで堪えた。この時間を少しでも縮めたくなかったからだ。

それはどうやら玲華もだったようで、二人は言葉も少なく、いつもよりゆっくり歩いて、エントランスへと向かったのであった。

◇◆◇◆◇◆◇

何か眩しいものを見るような目を向けてくる鐘巻に、大樹はカードキーを返却した。玄関口に着いて、二人が足を止めると、大樹は未だ手は離さずに体を半転させるだけで玲華と向き合った。

「その――昨日から色々と世話になりました」

「んー？　どちらかというと、私の方が、な気がするんだけど。ご飯とか」

「いや、それしかしてないじゃないですか、俺は」

「何言ってるのよ……そう言うなら、私だってよ。大したことした覚えは無いわ」

「いや――まあ、もういいですか。また水掛け論になりそうで」

大樹が苦笑を浮かべてそう言うと、玲華も噴き出し気味に苦笑を浮かべた。

「そうね――あ、でも、ハンバーグ本っ当に美味しかった！　他のおかずももちろんだけど！　今日は本当にありがとうね、ご馳走《ちそう》さまでした!!」

「お粗末さんで――あれぐらいなら、いつでも作りますよ」

そう言うと、玲華はマジマジと大樹を見上げ、何か言おうとしたのか口を半開きにして少し固まったかと思うと、俯いて耳を赤くしていた。

暫し静かな空気が流れた末に、玲華は顔を上げて言った。

「ねえ、考えてみたら、殆ど丸一日一緒にいたわね」

「……そうですね。寝る時以外は一緒にいた感じですか」

「ね、だから――その、だから……」

そこで玲華は言い淀んだが、言葉にせずとも大樹は玲華が何を言いたいのかわかったような気がした。

「ちょっと離れ難い、ですね……」

思わず大樹がポツリと口にすると、玲華は勢いよく顔を上げた。

「う、うん――私も、そう思って……」

「はい……」

大樹が頷いて玲華と目を合わせれば、玲華も静かに見つめ返してくる。

そして二人の顔に、じんわりと照れたような笑みが浮かんでくる。

「――あ、ねえ、来週末ってまた、会える――?」

期待と不安が入り混じったような顔で聞かれて、大樹は複雑な気持ちで眉を寄せた。

「すみません、次の週末は色々とやることが出来て……」

そう答えた途端、玲華の顔がわかりやすいほど絶望に彩られた。

「そ、そう――そうよね、当然よね。大樹くん週一回しか休みないんだし、用事が出来たのなら、し、仕方ないわよね……」

声を震わせ、しゅんとする玲華に、大樹は激しく胸を痛めつつ、無意識に握る手に力を入れていた。

「あの――玲華さん」

「……？」

小首を傾げる玲華に、大樹は言い淀みながら口を動かした。

「その、俺はあなたに伝えたいことがあります」

「？……！　っは、はい……」

一瞬何のことかと再び首を傾げた玲華だったが、すぐ何か察したような顔になって、居住まいを正した。

「ですが、知っての通り、俺の今の状況は周囲も含めてひどく不安定で落ち着いていません」

「……」

「なので――色々と片付き、落ち着いたら聞いてもらいたいと思っています」

「――っ！」

「それまで、待ってもらっていいでしょうか……？」

大樹がそう尋ねると、大樹を見上げていた玲華の目がジワリと潤んだ。

「う、うん……待ってる……」

コクコクと頷く玲華に、大樹は心底からホッとした安堵の息を吐いた。

「一部ですが、その色々を片付けるためにも来週末は用事があるのですが――」

「う、うん。そ、それじゃ仕方ないわね」

先ほどと違ってニコッとした顔を見せてくれて、安心した大樹は続けて言う。

「再来週は会えると思います。玲華さんの都合はどうでしょう？」

「だ、大丈夫！　何か予定があっても空けるわ！」

大樹は苦笑して頷いた。

「社長なんですから、周囲に迷惑にならない範囲でお願いします」

「も、もちろんよ！　わかってるわ！」

意気込んで頷く玲華に、大樹が思わず怪しんだ目を向けると、玲華はうっと怯んだ。

「だ、大丈夫よ！　仕事の調整ならお手の物よ‼」

「……一応は敏腕社長と言われてるみたいですしね、信じましょう」

「い、一応って何よ⁉　歴とした敏腕社長です‼」

「……自分で言いますか」

肩を震わせながら大樹が言うと、玲華は口を詰まらせたが、すぐにその大きな胸を張って言った。

「な、何か文句ある――⁉」

大樹は笑って首を振った。

「いいえ、ありませんとも」

「そう言って、すごく笑ってるし……」

ジト目を向けられて、大樹はよくわからないままに笑いが込み上げて、我慢せずに声を立てて笑う。

「もう——ふふっ」

次第に玲華にも移ったのか、二人して笑い声をあげる。

そうして一頻り笑ったところで、大樹は切り出した。

「それじゃ——帰ります」

「うん、気をつけてね」

そう言われて思い出すのは、初めて会った日に倒れてしまったことだが、大樹は笑い飛ばした。

「はは、体調は問題ありません。玲華さんのおかげで元気いっぱいですから」

「そう」

微笑を浮かべる玲華から、大樹は手を放そうと動かすが、玲華がそれをさせまいとするかのように強く握ってきた。

「ねえ、大樹くん」

「？　はい？」

そこで玲華は更に大樹の手をギュッと強く握った。

「大樹くんがその用事を片付けるのに——私で力になれることがあったら何でも頼ってね？」

「……」

思わず大樹が口を閉じると、玲華は口調を強くして言った。

「それがベストだと大樹くんが思ったら、本当に遠慮せずに言って。私は絶対に大樹くんの味方だから——ね？」

首を傾け、見てるだけでホッとする笑みを向けられて、大樹はどこか安心できるような大きな何かに包まれたかのごとき感覚を覚えた。

「はい——その時はお願いします」

玲華は頷くと、そっと大樹から手を放した。

「遅くまでごめんなさい。それじゃあ——またね」

玲華は寂しさを感じさせない柔らかな笑みで、大樹へ片手を振った。

「いいえ、俺の方こそ。それでは、また——」

会釈して歩き出した大樹は、一度だけ振り返って未だ見送ってくれている玲華に手を振り返して、マンションを出た。

外に出て歩きながら、大樹は先ほどまで玲華と繋がっていた手を見下ろした。

そこに残る温もりを体の内に溶かすように、一度強く握りしめる。

そして立ち止まり振り返って、先ほどまでいたマンションを見上げる。

以前は無機質に感じた高層マンションが今では暖かな光を照らす灯台のように思える。

「——ああまでされて、どうやったら惚れずにいれるってんだよ……」

苦笑気味に零すと、踵を返して大樹は歩き出す。

初めて玲華と会った時に感じた格差を意識していたからこそ気持ちに蓋をしていたが、玲華はガンガンその蓋を蹴破ってくる。

だけでなく、その蓋は溢れ出るものをそろそろ受け止めきれなくなっていた。

玲華を長く待たせたくないが、後輩達次第なところが多分にある。だからと言って、彼らを急かす真似など出来ない。

どれだけ時間がかかるか大樹にはわからないが、大樹に出来ることは今まで通り後輩達を見守り導くだけだ。

「さて、焦らすつもりはねえが、どれだけ時間かかるもんかねえ……あいつらの新しい転職先探しは」

短くても一ヶ月、長くて半年はかかるのではないかと大樹は踏んでいるが、それが思いもしない形で、思いもしないほど短くなることを、この時の大樹は知らなかった——。

第十一話　こういう時のためにある

「先輩、ＳＫ社の要件定義まとめてサーバーにアップしました」

「おう、助かった。後で確認する。続けて悪いが、ＯＪ社の方頼む」

「ＯＪ社……ＱＡ表の更新でしたね。了解です。その後、添付して先方にメール飛ばしておきますね」

詳細を伝えずともやってもらいたいことを察してくれた綾瀬の返事に、大樹は頼もしく思いながら頷く。

「先輩、ＡＲ社の画面仕様書の更新、終わりましたー」

「ああ――もう終わったのか？」

「むふふーん。続けてテスト仕様書の更新の方、やればいいですか？」

「そう――だな、頼む」

「了解でーす」

上機嫌に返事をする夏木に、大樹は頬を綻ばせた。

「はー……先輩、ＦＫ社から頼まれてた修正、終わりました」

「お疲れさん。三班の方にダブルチェック頼んでから、ＡＲ社のコーディングに戻ってくれ」

「了解っす……」

妙に元気のない工藤の返事に、大樹は顔を上げた。思えば朝から元気が無かったというか、苛ついているように見える。

「どうした、工藤。何かあったのか？」

「あ、いや、何でもないっす」

工藤はそれで終わらせようとしたが、隣にいる夏木が許さなかった。

「何でもないってことないでしょー。朝からなんか苛ついてるでしょ。そのせいか、今日の工藤くん、いつもより仕事遅いじゃん」

「そうね、私も気になってた。何かあったの？」

綾瀬にも水を向けられ、工藤は逃げ場が無いと悟ったのか、ため息を吐いた。

「いや、実は朝に嫌なもん見ちゃって……」

夏木と綾瀬が揃って首を傾げる。

「何よ、嫌なものって……」

夏木に問われて、工藤は再びため息を吐いた。

「いや、朝来る時に社長が――」

「社長」の単語が出た途端に、それだけで揃って嫌なことを聞いたと言わんばかりに顔を顰める綾瀬と夏木。

工藤も口にしながら嫌になったように、苛立ちを表に出しながら続きを口にする。

「社長が車に乗ってるの見たんだけど、その車がレクサスだったんだよ。それもどう見ても新車。去年にアルファード買って自慢げに見せびらかしてた癖に」

その言葉の意味することにすぐに気づいた夏木と綾瀬が憤慨する。

「何よ、それ！　私達の給料満足に払わずに、自分は高級車乗り回してるって訳？」

「会社のお金と自分のお金の区別つける頭が無いって本当、嫌になってくるわね……」

二人の言葉は憶測であるが、概ね間違っていないだろう。

普段から派手にお金を使っている様子のクソ社長が貯金をして、自分の給料の範囲で新車を買ったとは到底思えないからだ。

「――んで、その新車がさ、俺達に支払われるはずだった残業代や、先輩の出した利益から買われたって思うと、もう――腹が立って腹が立って――！」

呪詛を吐き出すかのように話す工藤に、夏木と綾瀬は同調して歯を食いしばる。

「本当、すぐに事故ればいいのに……」

「ねえ。自分は社長室で威張ってるだけの癖に……」

夏木と綾瀬も揃って悪態を吐くのを聞いて、大樹はため息を吐いた。

「二人とも、その怒りはよーくわかるが、切り替えろ――工藤もな。愚痴なら、今日も早めに切り上げて居酒屋で聞いてやるから」

「うーっす……ちょっとやる気出ました」

「先輩、たまにはカラオケとか行きませんか？」

「穂香、それならカラオケ出来る居酒屋とか良くない？」

「あ、そういう店もあったわね、恵！　どうですか、先輩⁉」

「構わんぞ。俺はあんまり歌は得意ではないが……」

「俺、先輩のあの渋い歌声けっこう好きっすよ」

「私も！　上手いんだけど、なんか笑っちゃうんだよね」

「穂香、それは失礼でしょ？　もっと、こう、ほら——中年っぽい格好良さがあるとか」

「恵が一番失礼なこと言ってるじゃん！　私達と先輩一つしか違わないのに‼」

ケラケラと笑う夏木の横で、工藤が顔を背けて肩を震わせている。

「——綾瀬、俺が老け顔だと思うのは構わんのだが、そうハッキリと口にするのは流石にやめてくれんか」

見た目以上の年齢だと思われることがよくある大樹なので、それほどダメージは受けてないが、だからと言ってゼロでは無い。苦笑して告げると、綾瀬は慌てて手を振る。

「せ、先輩！　あの、私、そんなつもりじゃ——⁉」

「えー、言ったじゃん、恵。先輩が中年っぽいって」

「ほ、穂香！　私そんなこと言ってない！」

「えー言ったよー？　ねえ、工藤くん？」

「あ、あの、そこで俺に振らないでほしいっす」

「そ、そもそも、声の話だし！　先輩！　私先輩のこと中年っぽいだなんて思ってませんから‼」

綾瀬が必死な様子で詰め寄ってきて、大樹は気圧されつつ頷いた。

「お、おう――わかったから。落ち着け、綾瀬」

大樹はなんとか綾瀬を宥めると、未だ笑っている夏木と工藤にも向けて、気を取り直すように言った。

「まあ、今日はとにかく飲みに行くぞ。だからそれまでは切り替えて仕事に集中してくれ」

「はーい」

「うーっす」

「……了解です」

綾瀬が若干縮こまってしまった点を除けば、三人ともクソ社長への苛立ちは収まったように見え、大樹はホッとした。そして、いざ仕事を再開しようとすると――

「おい、柳、社長がお呼びだ――来い」

威圧的で乱暴な口調でそう呼びかけたのは、五味課長である。

盛大に出足を挫《くじ》かれたような気分を味わいつつ、大樹は苛立ちも隠さず振り向いた。

「社長がですか？」

「おう、そう言ってんだろ。さっさと来い」

大樹は舌打ちするのを隠さずに、立ち上がった。

見れば、後輩三人が心配そうな目を向けてきているので、大樹は落ち着かせるように手を振った。

「心配いらん。気にせず、仕事を続けておけ」

三人が躊躇いがちに頷くのを見て、大樹はニヤニヤと嫌らしい笑みを向けてくる五味と共に、社長室へと向かった。

◇◆◇◆◇◆◇

五味がノックをしてからすぐに「入れ」の声が聞こえて、大樹は五味に続いて社長室に入る。

「失礼します。柳を連れてきました」

「失礼します――お呼びだと聞きまして」

室内に足を踏み入れた大樹は、先代が使っていた時と比べて嫌な意味で見違えた社長室を見て、思わず顔を顰めかけた。

奥には洒落者を気取るように、見ただけで高級品とわかるブランドのスーツに、色付きの眼鏡を身につけた男がいる。髪は明るく染め、手にはゴテゴテと悪趣味な指輪をつけ、無駄に豪《ごう》奢《しゃ》な机の前でこれまた無駄に豪奢な椅子にふんぞり返り、「軽薄」が服を着たような三十代半ばのこの男が、この会社の二代目のクソ社長――森空疎《もりくうそ》である。

(相変わらず、部屋も使ってる主人もクソみたいだな……)

この二代目が社長に就任してしまって、一番張り切った仕事というのが、この社長室の改造である。「社長である俺に相応しい部屋にしないとな」などと言って、社長室として不足のなかった内装を取っ払い、無駄としか思えない豪奢な装飾品や机、ソファを並べて、出来上がったのがこの悪趣味な社長室である。

先代が使っていた時は、装飾品が無かったとは言わないが、それは社長として侮《あなど》られないための最低限に止まっており、部屋に迎えられた人が落ち着けるような安心感を抱かせるものに重きを置いていた。

（それが今となっては……）

もう嫌悪感しか湧かず、大樹はそれを意識しないように努めて、森社長の前まで足を進めた。

「はっ、来たか、柳——呼ばれた理由はわかるな？」

椅子にふんぞり返ったまま、睨め付けるように問われた大樹は、「知るか」と口から出かかったのを堪えて、言葉少なく首を横に振った。

「いえ、伺ってませんで」

すると森は露骨に舌打ちをして、顔を歪めた。

「ああん？　お前、言われなきゃわかんねえのか——これだから高卒は」

吐き捨てるように言われた大樹であるが、もうそれは聞き飽きている。

社長が大樹を目にして気に入らないことがあれば、何かと言ってくる上に、この社長一派以外には、もうそれでバカにする者もいなくなったことを知っている大樹からしたら、バカの一つ覚えとしか受け取れず、もう反感も覚えない。

それに高卒なのは純然たる事実であることを考えると、もう気にもならない。

聞き返すことも言い返すこともせず、無言で待ち続けると、それが癪に障ったようで——ワザとである——森は再度舌打ちをした。

「いいか、察しの悪いお前に教えてやる。お前、最近五味の言うことを聞いていないようだな」

「いえ、そのようなことはありませんが」

そのことかと思いつつ、大樹は飄々《ひょうひょう》と返した。事実、大樹は五味の命令を聞いてはいないが、話は——言うことは耳にして聞いている。詭弁《きべん》とわかっているが、それを意識して大樹は堂々としている。

「何を堂々と嘘吐いてんだ、柳‼」

当然のように、横槍《よこやり》を入れてくる五味に大樹はため息を吐きそうになるのを堪えた。

「嘘なんか吐いた覚えはありませんが。いつも話は聞いています」

然《さ》りげ無く、「言うこと」を「話」に置き換えて切り返す大樹に、五味は更に憤慨する。

「そういう意味じゃねえ！　俺がやれと言ったことをやらねえだろと言ってんだ‼」

「そう言われましても……出来ないことをやれと言われて、出来るとはとても言えません」

「——っざけんな！　出来んこともないだろうが！　やれと言ったらやれ——！」

本当になんでこんなバカの相手をしないといけないのかと思いつつ、大樹は淡々と返す。

「課長、何度も言いますが、出来ないことは出来ないんですよ」

全ての休日を犠牲にし、毎日終電までやれば出来ないことはないが、それは「出来る」と言ってよいことでは無い上に、もうやるつもりもない大樹の返事は素っ気無かった。

「このっ――」

「まあ、待て、五味」

再度怒鳴ろうとした五味を、森が大物ぶってるかのように鷹揚に手を振って宥める。

「なあ、柳、今から俺のする質問に一つずつ答えてみろ」

「……はい」

「この会社の社長は誰だ？　うん？」

「……森社長です」

何を言い出すんだこの阿呆《あほう》はと思いながら、大樹は返す。

「そうだな、俺がこの会社の社長だ――社長といえば、この会社の頭、頭脳といっていい存在だ。違うか？」

「……そうですね」

話が読めてきた大樹は、時間の無駄をこれでもかと意識した。

「そして社長である俺が頭脳なら、お前ら社員は手足だ――そうだな？」

「おっしゃる通りです」

大樹はこの無駄としか言いようがない時間を少しでも短くするために、森が望む答えを返す方針に切り替えた。

そんな大樹の返答に気を良くした森は、調子良く続ける。

「手足である社員は頭脳たる社長の俺の命令を聞かないといけない立場だ。何しろ手足が勝手に動いたら場が混乱するしな？　そうだな？」

「ええ、正にその通りで」

「ああ、そこで話を戻すが、お前の課の采配は五味に任せている。これは俺の命令で、五味がそうする立場になっている。つまりは五味の命令は俺の命令に等しいってことだ。わかるな？」

「わかります」

「つまり手足であるお前には、頭脳である五味の言うことは絶対だ。お前の考えなんざいらん。五味がやれと言ったならやれ」

「かしこまりました」

よくまあこんな中身のない話をそんなドヤ顔でできるものだと呆れる気持ちを表に出さないようにするのが精一杯だった大樹は即座に、自分でも驚くほど心のない返事をした。無論だが、この後、五味の命令を聞くつもりは一切ない。

嫌らしくニヤニヤする五味に、森がまた大物ぶったかのように手を振って告げる。

「これでいいだろ。またお前の言うことを聞かないようなら、言ってこい」

「はい！　ありがとうございます、社長‼」

（……本当にくだらねえな、こいつら。いい歳《とし》して）

どうして大樹が呼ばれたかというと、五味の理不尽な命令を無視する大樹のことを、五味が社長にチクったからだということだ。

（……はあ、これほど時間の無駄と思えることもそうはねえぞ……）

頭脳が無能だと困るのは手足なんですが、と言い返さなかっただけ大樹は偉いと言っていい。それを言えば、無駄な時間が長くなるだけなのは今までの経験上でわかりきっているからだ。

「じゃあ、もう行っていいぞ、柳──ああ、待て。お前のところに、若い女──綾瀬と言ったか？　いたな？」

「……はい、綾瀬が何か……？」

その物言いと綾瀬が社内一の美人であることを意識した大樹は、嫌な予感を覚えながら退室しようと扉の方に向けた足を止めた。

「今週の木金に箱根の方に用事──出張があってな、手伝いがいるから、そいつを連れて行くことにした。伝えておけ」

「出張に綾瀬……ですか？」

「ああ。泊まりになるからな、しっかり伝えておけよ」

どうにも碌でもない未来しか思い浮かばない大樹は、反論を試みた。

「お言葉ですが、綾瀬は未だ新人の域を越えず、社長の仕事の補助が務まるとは到底思えません。ご再考を」

勿論、本心ではない。綾瀬なら社長が足手まといになるレベルで仕事をこなすだろうことはわかり切っている。寧ろ、本当に用事があるなら綾瀬一人に任せた方が良い結果を出すだろう。

それがハッキリとわかるレベルで、この社長は無能なのだ。

「おい、柳——さっき俺が言ったことをもう忘れたのか……？」

森にギロリと睨まれて、大樹は舌打ちを堪えるのにかなりの意志を総動員した。

さっき言ったこととは、まるで中身のなかった話のことだろう。

「……いえ。ですが、今やってる仕事に関して綾瀬が二日抜けるのはかなりの痛手になるのですが」

「諄《くど》いぞ、柳。お前は俺の命令に黙って従え。その綾瀬もな。それにお前の仕事と俺の仕事。どっちが大事かなんて明白だろうが。集合する時間と場所は追って伝える。話は終わりだ、出ろ——」

大樹は少しの間森を見据えた末に、無言で会釈して社長室を出た。

（……くそっ。綾瀬が二日抜けるのは痛いな）

綾瀬がいるのといないのとでは仕事の効率がまるで違う。

大樹の班の中で采配を振っているのは無論、大樹であるが、仕事がより効率よく回るよう、大樹が口にする前から、色々手配してくれてるのが綾瀬である。大樹が班のリーダーであるなら、実際に決めてもいないのに、皆がサブリーダーと暗黙のうちに認めているのが綾瀬なのだ。

その綾瀬が二日抜けるのは大樹達にとって、かなりの痛手なのは間違いなかった。他の後輩なら問題ないという訳ではないが、痛いのに変わりは無い。

苛立ちを抑えながら席に戻ると、後輩達が心配そうな目を向けてくるのに気づいて、大樹は自分で自分の両頬を叩いて気を入れ直した。

「心配いらん。相変わらず中身のない話を聞かされただけだ」

うへえ、と嫌そうに顔を顰める後輩達を見て、大樹は苦笑しつつ少し気が和んだのを感じた。

後輩達を守っているという意識を持っている大樹ではあるが、やはり大樹自身も後輩達から助けられているのだと、こういう時によく思わされる。

「ああ、綾瀬」

「はい？」

「後で話が来ると思うが、今週の木金、お前にクソ社長から出張のお供の命令が入った」

「は――？　木金って……もしかして、泊まりですか？」

顔色を蒼白《そうはく》にする綾瀬に大樹は頷く。

無理もない。これまでも綾瀬はその美人さ故だろう、クソ社長から社長秘書にならないかと誘われ、その都度大樹が断るか、綾瀬が断るかで凌《しの》いできたのだ。椅子にふんぞり返るだけで、碌に仕事をしない社長には、どう考えても秘書など必要ないのに。

そんなクソ社長が泊まりの出張の供に綾瀬を選んだ理由は推して量れる。最悪、夜に何かしら命じられて食事に付き合わされ、酔い潰され、部屋に連れ込まれるのがオチだろう。でなくとも、嫌な目に合わされるだろうことは間違いないだろう。

「そ、そんな先輩――⁉　嫌ですよ、私！　行きたくありません――‼」

「わかってる。落ち着け、綾瀬」

「そ、そう言われても先輩‼」

涙目で縋《すが》ってくる綾瀬に、大樹は話す順番を間違えたかと反省する。

「すまん、綾瀬。驚かせるつもりは無かったんだ。行きたくないのなら、勿論行かんでいい」

「で、でも、社長命令で、先輩でも断れなかったんですよね——？」

大樹がここで話していることからそう推測し終えている綾瀬の聡明さに、大樹は思わず苦笑する。

「ああ、そうだ。だからと言って、お前が行かなけりゃならん訳ではないだろうが」

落ち着かせるように言うと、綾瀬だけでなく彼女を心配していた後輩二人も首を傾げた。一体、どういうことなのかと。

「なに、簡単なことだ——当日の朝に体調不良になれ、綾瀬。俺はお前からその連絡を受けたことにして、クソ社長には集合時間に——いや、その三十秒ほど前にそのことを伝える。あのクソ社長の用事なら、どうせ大したこと無いのはわかり切っていることだ。お前がいなくとも何の問題もない」

力強く言うと、後輩三人は揃って口をあんぐりと開けて固まった。

「だから、綾瀬、木金は来なくていい。お前がいないのは痛いが、この際だからとゆっくり体を休めるか——土日も含めると四連休だな。実家に帰るか、旅行にでも行ってきたらどうだ？」

呆れの色を深める後輩達に大樹は更に言う。

「体調不良が嫌なら、そうさな——親戚の危篤にでもするか？　親戚の親戚の親戚のそのまた親戚を辿《たど》れば、もしかしたらその日、危篤な人がいるかもしれない。いや、辿り続ければきっと一人はいるだろう。『遠すぎてもはや完全に他人な親戚』を親戚と略すだけだ。これも何の問題もない。絶対に嘘という訳でもないから気も楽になるぞ」

どうだ？　と悪戯っぽく笑って目を向けると、綾瀬だけでなく夏木も工藤も揃って噴き出した。

「せ、先輩。それは強引すぎますよ――でも、そうですね。はい、私はその日、体調不良になります」

「そうか。じゃあ、熱があるとでも言っておくか。平熱でも熱は熱だ。あるのに変わりは無いしな」

更に「ぶふっ――」と噴き出す後輩の三人。

「ほ、本当っすね、先輩。平熱でも熱は熱っすね。確かに熱があると言っても――う、嘘じゃないっすね。き、詭弁もいいとこだけど」

工藤が体をくの字にして震わせている。

「せ、先輩って、たまにこんな裏技っていうか、力技も、ど、堂々と使おうとしますよね。仮病しろって……ぷくくっ」

夏木が工藤と似た態勢で、緩く机を叩いている。

「夏木……こんなのは裏技でも力技でも何でもないぞ。大体、仮病というのはこういう時のためにあるようなものではないか」

「そ、その通りですね、先輩……」

「うむ。だが仮病は必ずしも褒められた行為でないというのは弁《わきま》えておけよ、三人共。今回はあのクソ社長だけに迷惑が向かうから、進んでもやって然《しか》るべきことだとは思うが、褒められた行為でないのは確かだ」

「ふ、ふふっ——仕事を休んで先輩や皆に迷惑をかけるのは心苦しいですが……」

綾瀬が目尻を拭いながらしみじみと言うのに、大樹は頷いた。

「ああ、お前がいないのは痛いが、これぱっかりは割り切るしかあるまい。それに俺達はあらかじめ知っているのだから、迷惑には思わん。今回は致し方なしだ。そもそも諸悪の根源は全て、あの下衆《ゲス》社長だ。気にするな」

大樹が言うと、工藤と夏木も揃って綾瀬に頷いた。

「ふふっ、ありがとう、二人共……あ、先輩、木金休むなら、私土曜日出ますよ。先輩、なんだかんだ言って、ずっと土曜出てますよね？」

「……休まんでいいのか？　折角、四連休に出来るというのに」

「ええ、構いません。そういう連休はこの会社を辞めてから楽しむことにします」

「だが——」

「いいんです。今の状況で木金と休んで土曜まで休んだら、落ち着かなくなりそうで……なので、先輩の仕事、手伝わせてください」

如何にも仕事中毒者《ワーカーホリック》な発言に、大樹は苦笑を漏らした。だからこそ休ませたい気持ちもあるが、綾瀬の参加はハッキリ言ってありがたい。それに土日も休んだら落ち着かないというのは本音のように思える。

「では……すまんが、頼むとするか」

「はい、お任せください」

大樹が頷くと、夏木が唇を尖らせた。

「えー……恵が出るなら、私も出ようかな……」

「お前は土日しっかり休みながら、転職情報を探しておけ。綾瀬はお前らを待っているのだから」

「むう……それを言われると痛い……でも、先輩私達けっこう目ぼしい会社リストアップしましたよ！」

「ほう……そうなのか？」

綾瀬を見ながら問いかけると、綾瀬はニコリと頷いた。

「ええ。私の方でまとめてあります。今晩にでも――」

飲み会の場でそのリストを見せるということだろう。大樹は頷きで応えた。

「さあ、今週は綾瀬が抜けてしまうからな、急ぎで仕事進めるぞ」

大樹がそう言って後輩三人が返事をしようとした時だ。

「――おい、柳。ＲＩ社の方、お前らの方でやれ」

五味がニタニタと嫌らしい笑みを伴ったドヤ顔で寄ってきて、大樹は隠すこともなく大きく重苦しいため息を吐いてみせた。後輩三人へは気にせず仕事をしろという意味を込めて手を振る。

「あん？　なんだ、その態度は。さっき聞いただろうが、俺の命令は社長の命令と一緒だってな。その俺の命令だ——やれ」

大樹は呆れと憐れみをこれでもかとこめた目を五味に向けた。

「やる訳無いでしょうが、それよりその仕事まだやってなかったのか？　自分のケツぐらい自分で拭けって前にも言ったでしょうが」

「ああん⁉　お前、社長命令に従わないつもりか⁉」

「従う訳ないでしょうが、馬鹿ですか、課長は」

素っ気無く告げると、後輩の方からだけでなくアチコチから小さく噴き出す音が聞こえた。

「ばっ——馬鹿だと、貴様⁉」

「ええ、聞こえませんでしたか？」

「このっ——てめえ、さっき社長室で言われたこともう忘れたってのか⁉　命令に従うって言っただろうが⁉　社長に歯向かう気か⁉」

顔を真っ赤にして怒鳴る五味に、大樹はこれ見よがしにため息を吐いた。

「あれは無駄な時間を少しでも減らすために、適当に返事をしてただけでしょうが。なんでそれすらもわからないんで？」

「お、お前——⁉　無駄⁉　社長に対して適当に返事だと⁉」

「ええ。仕事の内容なんて碌に把握して無い適当な社長なんだから、こっちの返事も適当で構わんでしょう」

「お、お前……じゃあ、社長の命令でもある俺の命令を聞かないって訳か……？」

歯ぎしりが聞こえてきそうな形相になる五味に、大樹は淡々と返した。

「それについてだが……前々から俺は勿論、皆が思ってたことだが、あんたが出してるのは命令じゃない。ただの無茶振りっていうんですよ――聞けるはずもない無茶振り、な。それを聞けと言われても無理がある。何度も言ってると思いますが」

「そんな屁理屈聞いてんじゃねえ！　お前みたいな大学も専門も出てねえ、高卒のクズは黙って俺の言うことに従ってればいいんだよ‼」

醜く怒りに歪んだ顔から出たその怒声の大きさは、室内の殆どの人間を驚かせたようで、ビクッと肩が揺れる。だがすぐに、その言葉の内容は聞き捨てならないと反感の視線が五味に集中する。

周囲だけでなく、背後の後輩達も息を呑んだ末に、五味へ鋭い視線を向けたのを、振り返らずともなんとなくであるが大樹にはわかった。

対して、五味の怒声を正面から受けても表情に細波《さざなみ》一つ起こさなかった大樹は、呆れのこもった特大のため息を吐いた。

「――なあ、おい、課長」

「てっめ……誰に向かって――」

「うるさい。なあ課長、前々から思ってたんですが、課長って考える頭あるんですか……?」

大樹のその遠慮が無さすぎる発言というか、もはや暴言に近いそれに、すぐ傍にいる三人の後輩だけでなく、聞き耳を立てていた他の同僚まで動揺を表すように肩を揺らした。

「てめえ、柳‼ 誰に向かってそんな口きいてやがるか、わかってんのか⁉」

その怒声はここ最近のなかでも飛び切りのもので、五味の怒り様が室内中の者に伝わり、静かな緊張感が拡がった。

そんな中でも大樹は些《いささ》かも態度を変えず、五味に向ける目は呆れ果てていて、挙句には何も感じていないと伝えるために己の耳に指を突っ込んだりしてみせた。

「誰も何も——考える頭のないらしい課長に、ですが」

突っ込んだ指をフッとするのを見せながら返すと、五味の顔が一層凶悪に歪み、思わずといったように大樹へと足を一歩進めた。

「貴様はほんと……ど、どこまでも舐《な》めた口を……!」

「今のが舐めた口? 純然たる事実でしょうが、課長に考える頭がないなんてことは」

「てめえ、柳——‼」

堪らず再び怒声を放つ五味に、大樹は鬱陶しいという意味を込めて手をヒラヒラと振る。

「うるさいうるさい——いい加減学習しくれませんかね……課長がいくら怒鳴ろうと、いくら凄《すご》もうと俺がまったくビビってないってことを。それで俺があんたの言うことを聞く訳でもないってことを」

「おまっ――」

五味がまた一歩詰め寄りながら怒鳴ろうとしたところで、大樹は今まで溜めたストレス、怒りを解き放たんとばかりに強い意志を持って睨み上げた。

それによってか五味の肩がビクッと揺れ、詰め寄ろうとした足は思わずといったように後ろへ下がる。

同時に大樹は立ち上がって、五味へ静かに詰め寄った。

「――黙れよ。いい加減わかってくれませんかね。あんたのそれは俺に通じないってな。うるせえだけだし、仕事に集中してるやつの邪魔になるだけだ。それにそんなに怒鳴らなくても聞こえる――これは今までにも何回も言いましたよね？　なのに、あんたは繰り返す。学習能力がない――ほら、考える頭なんか無いじゃないですか」

「て、てめっ――」

五味は自分より長身の大樹に詰め寄られ、それに気圧されたようで、言い返す力が弱い。

大柄でハードワークのせいで些か衰えたとはいえ筋骨隆々な大樹と、中肉中背で散々飲み歩いているために腹も出ている五味、両者が立って凄《すご》んだ場合、どちらの方に迫力があるのかなんて一目瞭然《いちもくりょうぜん》であり、両者の足の動きもそれを物語っていた。

「だから、凄んでも無駄だって言ってるでしょうが。うるさいだけだって」

更に詰め寄り、怨敵を見据えているかのような目を向けられた五味は、口を開こうとしたが、声の出し方を忘れたかのようにパクパクと開け閉めするだけだった。

「いいか？　脳みそをどこかに置き忘れたとしか思えない課長に丁寧に説明して差し上げましょう——もう一度言うが、怒鳴っても無駄だからな。本当にうるさいだけだからな。黙って聞けよ——？」

有無を言わさぬ口調の大樹に、五味はなんとか声を絞り出して返してきた。

「な、なにを——」

「いいから聞け——課長、あんたこの会社がどういう状況か本当にわかってないのか？」

「……ああ？」

何を言ってんだこいつはなんて目を向けてくる五味に、大樹は眼前で舌打ちをした。

「ちっ……わかってようが、わかってまいが、どっちにしろお前が考え無しとしか思えないのに違いは無いがな」

途端に目に怒りを戻した五味に、大樹がそれ以上の怒りと蔑みを含んだ目で返すと、それによって五味は開きかけた口を閉ざされた。

「——っ」

「もう一度言うが黙って聞けよ？　あの二代目の阿呆が社長を継いでから、どんどん業績が落ちてるな？　一番の原因はあの社長がどこかで聞きかじったようなつまらんことを言っては、それを俺達に実施させて失敗を繰り返してるせいだが、次点であの社長が肝煎《きもい》りで雇った課長含む社長一派のせいだ——あんたみたいに自分の意に沿わなければ怒鳴って言うことを聞かせようとするクソガキみたいな、それしか能が無いとしか思えないやつらのことだ」

「てめえっ——‼」

憤怒に顔を染めて吠える五味に、大樹はそれ以上の迫力と声量で応えた。

「黙って聞けと言っただろうがっ——！！！」

怒りが質量となって伴ったようなその怒声に、室内にいる者達は飛び上がらんばかりに驚いた。

すぐ後ろにいた綾瀬はひっくり返りかけて机に掴まっている。夏木もだ。工藤など椅子ごとひっくり返ってしまった。

対して目の前でそれを受けた五味は、腰が抜けてしまったのか尻餅をついている。

大樹が射殺さんばかりに眼光を鋭くしたまま、五味と視線を合わせるために片膝をつくと、五味は顔面を蒼白にして後ずさろうとしたが、腰が抜けてるせいか然程距離は開かなかった。

「今更あんたに大した期待などしていない、今はおとなしく俺の話を聞け。それぐらいは出来るだろ……？」

蛇に睨まれた蛙《かえる》の如く、五味はコクコクと頷いた。

「よし、そのままおとなしく聞けよ？　続きだ——この会社はあんた達のせいで、今や完全な泥船だ。だというのに、あの社長もお前もまったく変わりやしねえ。そんな中であの社長の言うことをそのまま聞くってのは、更に会社を悪くするってことだ。つまりあの社長の言うことを無視して、それをやってる振りでもするだけで少しはマシになる。それぐらいはお前にも理解できるな……？　それとも、お前、あの社長が有能だと本気で思ってないだろうな……？

それだと、本気で救いようがねえが――どうなんだ。ここだけは本音で話せよ。さもないと、回答次第では、お前は本当にどうしようもない愚か者だと、ここにいる全員に公言することになるからな」

大樹が細めた目で促すと五味は、ゴクリと喉を鳴らして、躊躇いがちに口を動かした。

「い、今まで社長が言ったこと、と、それを実施した結果を鑑みると……ゆ、有能とは――い、言い難い……」

「はっ、言い難い、か――まあ、いいでしょう。となるとだ、社長が何かを命令した時は、それをしないのがベター、更に言うなら社長の命令は実施されていると社長に勘違いさせることがベスト。だな――?」

嘘を吐くのは許さないと大樹が目力を入れて睨むと、五味は顔を歪ませながら躊躇いがちに頷いた。

「これがわかったのなら話は早い。さっき俺が社長の言うことに従う訳が無いと言ったのは、そういうことですよ。わかりますね……?」

「……っ、あ、ああ、そう、だな……」

「すると当然、あんたの命令など従ってられる訳がない、ということだ。何せ、あの社長が言ったことだ。今までも思っていたことだが、俺は余計にお前に従う気など無くなった」

「――おまっ……」

五味が反攻の意思を目に宿らせようとしたが、大樹は五味の肩に静かに手を置くことでそれを抑えた。

「──黙れよ」

「──っ……」

　肩に置かれた手から大樹の怒り様が伝わったのか、五味は一瞬目に怯えの色を浮かべて押し黙った。

「お前は本当に状況を理解してないようだな……いいか？　お前が今まで通りに、お前だけが楽するようなクソみてえで考えがかけらも感じられない采配を続けていれば、この課の業績はどんどん落ちる。釣られて他の課の業績も落ちる。事実、落ち続けているな？　そして社長がまた思いつきでくだらねえこと言ってから、お前が何も考えずにそれを受け入れ、やれと命令してきて、それを実施すると、いつもみたいにクソみてえな結果が出る。こんなことずっと続けてみろ──そしたらどうなるか、お前本当にわかってんのか？　なあ、どうなんだ？」

「……と、倒産する、とでも言いたいのか、お前は……？」

「わかってんじゃねえか」

「ば、馬鹿を言うな‼　社長はっ──」

　社長に何か言われて安心してるのか、そんな訳あるはずがない。

「その社長は無能だとあんたも認めたんじゃなかったのか？　なあ、あのクソ野郎が言ったことに今まで一円だって価値があったことあったか？　あいつがこの会社は大丈夫だって言ってたとして、信頼性なんてまるでねえと思わねえのか？」

「お、お前……」

「まだだ。聞け――お前のことだ」

「お、俺が、何だ……」

「課長、あんたこの会社が倒産した時に転職の当てあんのか？　怒鳴って言うことを聞かせようとするしか能が無いあんたに」

「――っ！　こ、高卒のお前にだけは言われる筋合いはねえぞ‼」

その発言に対し大樹に苛立ちはない。あるのは、またかという呆れの感情だけで、それを大きなため息と共に吐き出した。

「またそれか。あんたはそうやって、自分より下がいると思い、その下を見て安心し、悦に入る。なあ、いつ俺の話になった？　今は課長の話をしてんですよ。あんたの転職先について話してんだよ。高卒の俺より遥かに能が無いと思われてるあんたの転職先について話してんだよ」

「お前っ……！」

「無いんだろ、どうせ。なあ、この会社が倒産した時に、一番困るのは誰だ？　一番で無いにしても、怒鳴るしか能の無い課長は相当困るんじゃねえのか……？」

「て、てめえっ――！」

「……碌に言い返すことが無い辺り図星だろ」

「くっ……」

悔しげに唸る五味に、大樹は再度ため息を吐く。

「……それで状況は理解できたか？」

「……ああ？」

まだ凄もうとしているのか、五味のそんな返事に、大樹は再びため息を吐く。

「本当にアホのようだな。この会社が倒産して困るのはお前だろうに、その倒産に向けて拍車をかけてるのがお前とあの社長なんだぞ。今までの調子——つまりはお前や社長の言うことを聞くと、倒産に向かってどんどん進んで行く訳だが……いいのか、お前はそれで？」

「——っ‼」

五味の目にようやく理解の色が浮かび、足りないとしか思えない頭をようやく回転させ始めたようだ。考えているのは恐らく、会社の倒産の回避よりも己の保身であろうが。

少し待ってから大樹は口を開いた。

「ようやく状況を理解し始めた課長に、もう一度言いましょうか。今日社長はあんたの命令に従えと俺に言った。だが、社長の命令ってのは全て悪手と言っていい。つまり、俺があんたの命令を聞くのは悪手ってことだ。だからあんたの自分が楽をしたいというのが透けて見える命令など絶対に聞かん。元より、あんたのは命令でなくただの無茶振りだがな——けど、これがあんたのためでもあることは、わかるな……？」

五味は何も答えず、視線を逸らして舌打ちを返した。一理あると思えたのだろう。

「わかったようだな——？　なら、もう今までみたいなくだらない命令なんて出さず、あんたも真面目に仕事しろ。いいな――?」

　ここまで言われて、それも部下に言われたからだろう、五味の目に再び怒りの火が灯り――

「てめえ、調子に乗って――」

　大樹は最後まで言わさず、ありったけの力を込めて叫んだ。

「わかったかって聞いてんだっ――!!」

　今度はアチコチから、背後からも含めて椅子がひっくり返ったような音が届いた。

　対して五味は「ひいっ――」と小さな悲鳴を上げて、後ずさろうとしたが、すかさず大樹は五味のネクタイを掴んで止めて凄んだ。

「わかったかって聞いてんだ!!　答えろ！　五味っ――!!」

「わ、わかった！　わかったから――!!」

　ガクガク震え怯えながら答える五味に、大樹はとことん白け、突き放すようにネクタイから手を放し、立ち上がった。

「お前――自分がされたらそれだけビビッておいて、よくまあ毎日のようにあれだけ人に対して怒鳴れるな……?　少しはわかったか?　怒鳴られる人の気持ちってのが」

　どこまでも見下した目で見下ろされた五味は、ハッとして大樹を見上げる。

「ああ、そうだよ。普段、お前がやってることだ。こんな胸糞悪《むなくそ》いことをよくまあ、飽きもせず毎日やれるな……?」

　自分への当てつけだったと気づいた五味が、悔しげに、だが怒りの灯った目を大樹へ向けようとした時だ。

駄目押しとして大樹は己の机を軽く蹴る。それは軽くとも、大げさに音が鳴り、すぐ傍にいた五味が再びビクッと震える。

「――これもお前が普段からやってることだ。なあ、されてどんな気分だ……？」

こうまで言われて五味は悔しげに歯を食いしばり、大樹を睨みつけるが、真っ向からそれを迎えた大樹がこの睨み合いを制した。

そして五味は大樹からゆっくり視線を外すと、舌打ちをして立ち上がり「ふんっ――」と鼻息を荒くして、何も言わず振り返って自分の机へと足を進めたのである。

その背に向けて、大樹は大きくは無いが凄んだ声を放った。

「――やれよ、仕事。前にも言ったが、てめえのケツぐらいてめえで拭け」

すると五味はピタッと立ち止まり、舌打ちをすると、振り向かず言い返すこともせず、すぐ足を動かした。

そして席に着くと、苛立たしげでありながら不貞腐れたような顔で、ＰＣに向かって作業を始めたのである。

それを見て大樹は一息吐いて振り返ると、呆然と自分を見つめる後輩達が目に入った。

「……あー……少し、顔を洗って頭を冷やしてくる」

コクコクと頷く後輩達に見送られ、大樹は手洗い場へと向かったのであった。

（……ちょっと、やりすぎたか……？）

第十二話　自らやったことは一切ない

「はいはーい！　先輩って、元ヤンだったんですか――!?」

居酒屋に入り、乾杯と注文を済ませてから夏木が手を挙げて唐突に言い出した。

「……夏木、お前な……」

空になったグラスをテーブルに置いて、大樹はげんなりとため息を吐いた。

「いやいや、だって今日の課長に対する先輩、めっちゃ怖かったんですが‼」

「む……そう言われるとな……お前らを怖がらせるつもりはなかったんだがな……そうだな、すまなかった」

対面の夏木だけでなく、斜め前にいる工藤、隣に座る綾瀬に向かって大樹は頭を下げた。

「ちょ、ちょちょっと待ってください、先輩!?　そんな私、謝ってもらうつもりなんて!?」

途端に慌て出す夏木に、綾瀬と工藤が非難の目を向ける。

「もう穂香……先輩、頭を上げてください。私達は先輩にその気が無かったことも、だけでなく課の皆のために課長にああしたことだってわかってますから」

「そうっすよ、先輩。いや、そりゃ確かに俺も先輩にビビっちゃいましたけど、今思えば痛快で仕方なかったっす」

「そ、そうそう！　先輩が私達のためにああしたことぐらいわかってますよ‼」

便乗するようにそう言う夏木を見て、顔を上げた大樹は思わず苦笑を浮かべる。

「まあ、それならいいのだが……けどな、お前らが言ったような意味などなく、単に腹が立ったから怒鳴ったかもしれねえぞ？」

「いやー、だとしても先輩にはその権利があると思うっす」

「そうよね。言ってしまえば、先輩ってゴミ課長が普段してることを少ししただけとも言えるし」

「ねー？　それにしても、あの時の先輩にビビってるゴミ課長の写真を一枚でも撮っておけば……！」

その手があったかと夏木を凝視する綾瀬と工藤。

「ほ、本当ね。写真だけでなく、動画も撮っておけば……！　そしたら面白かった課長だけでなく、あのワイルドな先輩の雄姿も……！」

「俺、多分あの時の動画あれば、一日中エンドレスで眺めれる自信ある」

「ねえ！　色んな意味であの時の光景は残しとくべきだったよね‼」

そう言っては悔しがりつつワイワイとする後輩達に、大樹はホッとしながら苦笑を浮かべた。

対象が対象とはいえ、五味と同じようなことをしたがために、自分へマイナスの感情を持ったりしないだろうかと少し不安になっていたのだが、この調子では大丈夫なようで安心したのだ。

「まあ、今日俺がしたことはとても褒められたことではないと自覚しているが、そう間違ったことを言ったつもりはねえ。それよりも、あのゴミを今日はなんとか大人しくさせることが出来たが、これからもずっとそうだとは到底思えん。あいつの性根が早々に変わるなんて期待はとてもじゃないが出来んからな」

大樹の言葉に、後輩達は「確かに……何だかんだ言って、あのゴミだし……」と各々頷いている。

「だが暫くは落ち着けるだろう。その間に、仕事を進めつつお前らは転職活動に集中するんだ。いいな？」

五味が再び調子に乗るまでに後輩達の転職に目処《めど》がつくのがベストであるが、それは出来すぎであろう。だが、それまでの間は今までより快適に過ごせるのは間違いないはずだから、その隙に頑張ってもらいたいところである。

大樹のそういった思いを違《たが》えず受け取った後輩達はそれぞれ強く頷いた。

「――それで、先輩。実際どうなんですか？　元ヤンだったんですか？」

シリアスになった空気を弛緩させるように、夏木がまた聞いてきたが、今度は工藤と綾瀬も便乗してきた。

「あ、俺もちょっと思いました。あの時の先輩はちょっとばかり堂に入りすぎていたっていうか……」

「確かにそうね。何ていうか……そう、何となく手慣れていたというか……」

どうなんですか、といった三対の目を向けられて、大樹は複雑に眉を歪めて小さく息を吐いた。

「言っておくが、俺がヤンキーだった事実はない」

「……まあ、やっぱりそうですよね……」

そう言って納得したようなそうでないような顔で頷く夏木。綾瀬と工藤も似たような顔をしている。

そんな三人から視線を逸らしながら大樹は「だが──」と続ける。

「だが、学生の頃から……なんだ、俺のこの顔と大きめの体格のせいか、同じ学校の不良達から絡まれることがよくあってな」

「あ、あー……」と納得したような声を出す三人に、大樹は続ける。

「絡まれた末に襲いかかられたら仕方ない。俺は正当防衛として何度も不良達を返り討ちにし──」

迎撃でなく返り討ちという点と、何度もというのがポイントである。

その意味に気づいた後輩達が「お、おおー……」と引き攣った声を出す。

「──気づいたら、不良達から親しげに『兄貴、大樹、大ちゃん』などと呼ばれて付き纏われていたりしたが──俺が自ら不良行為をやったことは一切ない」

頬を引き攣らせる後輩達に、大樹はキッパリと言い切った。

「な、なるほど……でも、それって外から見たら──」

「綾瀬、皆まで言わんでいい」

綾瀬の言わんとすることを、大樹はその一言で止める。

そう、絡まれるのが親しげに囲まれる形に変わると、大樹も同じく不良のように見られるということだ。

「あ、はい。すみません」

神妙に頭を下げる綾瀬に、夏木と工藤が苦笑しつつ、だが納得したような顔になる。

「なるほどねー、地元で不良を相手にすることがよくあったから、ああも堂に入ってた訳ですか」

「襲いかかってくる不良に比べたら、権力笠に着て威張ってる課長は全然怖くないってことっすか……」

そう言われて大樹も少し考えてみる。

「まあ……もしかしたらそうなのかもしれんな。だがな、その不良連中もちゃんと話せば中々に気のいいやつも多くてな。学校卒業した今でも、地元から離れてるのに飲みに誘ってくれたりな……まあ、なんだかんだ言って、友人やってる俺も俺か」

苦笑しながら話すと、コクコクと頷く後輩達。

「いや、わかるっす、その人達が先輩のこと好きになるの。俺だって、たまに先輩のこと兄貴って言いそうになる時あるっすから」

「だよねー。なんだかんだ言って先輩、その人達の面倒見てたりしたんでしょ？」

「ねえ、私もそう思う。多分だけど、先輩、その人達にこれはやっては駄目だとか、注意したりなんて時もあったんじゃないんですか？」

最後の綾瀬の言葉に、大樹は目を丸くした。

「……よ、よくわかったな、綾瀬……夏木も……」

実際、大樹の目の前で不良達が、ただ人の迷惑にしかならないことをしている時に、何度か注意したことがあったのだ。それで再び衝突しかけたこともあったが、根気よく何故ダメなのか時に物理も交えて話して聞かせたことがある。更には、家に帰っても食うものがないし、買う金もないなんてボヤいてる連中に、自宅の店で飯を食わせてやったこともあったのだ。

「そりゃーわかりますよー、先輩のことなら！　むふふ」

「そうですよ。私達だって、先輩のお世話になってるんですから。ねえ？」

そう言って得意げに笑い合う後輩達に、大樹は照れ臭くなるのを誤魔化すように渋面を作って、ビールを飲もうとしたが、手に持ったグラスが空なのに気づく。

「――どうぞ、先輩」

すかさず綾瀬が酌をしてくれて、大樹は少々バツが悪い思いで、注いでもらったビールを飲み干した。

「――はあっ。まあ、この話はもういいだろ。綾瀬、お前達の希望の転職先リストを見せてくれ」

そう言うと、綾瀬は少し顔を引き締めて、ジャケットの胸ポケットから折り畳まれた紙を取り出し、大樹に手渡した。

「はい、こちらになります」

受け取った大樹は、早速とばかりに開いてザッと目を通す。

企業名がズラリと並び、その横に誰の希望かという意味で名前が書かれている。

中には二人が希望、三人が希望している企業があったりする辺り、三人で相談しながら探したのだろうことがわかる。

「ふむ……わかりやすいが……しかし、これは……」

並んでいる企業名の中には大樹が知っているものも多少あり、その企業について記憶を掘り起こした大樹は、思わず顔を顰めた。

「お前ら、これは……もしかして、グレーゾーンにありそうなのをリストアップしたのか？」

全部が全部では無いが、際どそうな企業名が目立ったためだ。

すると綾瀬が苦笑して、頷いた。

「そうですね。候補を挙げた中で、もしかしたら黒いかもと思うところを中心にリストアップしました。中にはもちろん、普通に行ってみたいと思うところもあります」

「ふむ……なるほど……これは、もしかして大手は省いたのか？」

「ああ、大手というよりは……間違いなく黒では無いだろうと思うところは省きました」

「ふむ……確かに、そう見えるな……了解した。調査を頼んでおこう」

「ありがとうございます、お願いします」

後輩達が揃って頭を下げる。

「ああ、俺も頼む身ではあるが、まだ出るなら遠慮なく言え。それとだな――」

顔を上げた三人が首を傾げて、大樹の言葉の続きを待つ。

「一応、その間違いなく黒でないと思ったところも今度でいいから、リストアップしたものをくれ。俺としては、お前達が希望しているところを把握しておきたいからな」

「え？　ですが――」

「わかってる。そういうことでなく、もしかしたら、その企業に俺の知り合いがいるなんてこともないとは限らん。そしたら、何かしらの援護が出来るかもしれんしな。だから、次はそういったものも含めて全ての企業名のリストをくれ」

「ああ、そういう――すみません。気を回しすぎた私のせいで、二度手間になりましたね。申し訳ありません」

「構わん、気にするな。こんなのミスの内に入らん。仕事では、お前のその気遣いにいつも助けられてるしな」

「は、はい、ありがとうございます、先輩――」

頬を染めて嬉しそうにする綾瀬を見て、夏木が唇を尖らせた。

「もう、いつも恵ばっかり……先輩！　私も最近役立つようなりましたよね？」

「うん？……最近も何も、お前も工藤も十分に役立ってくれてると認識しているが？」

「あ、お――そ、そうかもしれませんが、なんか恵より扱いが雑な気がします！」

大樹の言葉を受けて照れたようにまごついたが、それを隠すようにテーブルをバシバシ叩く夏木に、綾瀬と工藤が噴き出し気味に苦笑している。

「俺は別にそんなつもりは無いのだがな……ふむ……そうだな、綾瀬は仕事が良く回るように、その辺を色々と助けられているが、対して夏木、お前には、いつも班の雰囲気を良くしてもらって、助けてもらっているなと思っているぞ」

「お、お、おお――？」

顔を赤くした夏木は、言葉の出し方を忘れたかのように変な声を出した。

「俺がゴミ課長なんかとやり合って、そのせいで俺がちょっとピリピリしてる時なんかは、よくお前が明るい声を出して、俺だけでなく班の空気を良くしてくれるな？　あれには俺はいつも感謝してるぞ。俺の苛立ってる気分も和ませてくれてな、すぐ落ち着けて仕事が再開できるしな」

感謝を込めて話すと、夏木は耳まで真っ赤にして口をパクパクさせている。

「それに――」

更に大樹が夏木の良い所を話そうとすると、夏木自身に止められる。

「も、も、もういいです、先輩‼」

「――なんでだ？　お前が雑だとか文句を言うから、どれだけ俺が感謝しているか――」

「い、いいですから！　本当にもういいですから！　ありがとうございます、先輩――！」

「いや、感謝してるのは俺だというに――」

「は、はい！　お気持ちは十分伝わりましたから！　もう結構ですから‼」

そう押し切られて大樹は「一体何だというのだ」と困惑しながら、話すのをやめることになった。

そんな大樹と夏木の様子を、綾瀬と工藤は肩を震わせながら見ていたのだった。

第十三話　カリスマ社長で○○○○な玲華

「──次、広告事業部お願い」

いつもの定例会議の最中で、玲華がそう声を上げると、若手のチーフである広瀬《ひろせ》が顔を上げた。

「はい、広告事業部からは前回の会議でS社との契約成立について報告しましたが、その後すぐに先方から次シーズンでの契約更新について話したいとの連絡を受けて調整中です」

その話を聞いて玲華は、すぐに「ああ、やっぱり」と内心で独り言ちた。

「そっか。やっぱり通年の契約に切り替えたいって話かしら？」

微笑みながら広瀬へ目を向けると、彼女は昂揚《こうよう》した面持ちで強く頷いた。

「だと思います。社長が言っていた通りに、先方から話が来て驚きました」

広瀬の目にはわかりやすいほどに「社長すごいです」と尊敬の色が浮かんでおり、玲華は苦笑した。

「もう、広瀬ちゃん、そんなすごい話でもないのよ？」

「え、でも、本当に社長の言う通りになりましたし──」

「ええ、そうね。でも、ちょっとS社の背景知ってたらそうでもないのよ？」

「……どういうことでしょうか？」

「ええ、S社が最近まで契約してたとこなんだけど、そこ、あまりS社とは相性良くなかったのよね。なのに、当時の担当者のミスかしらね？　契約に縛られるようになって、したい時に好きに解除出来なかったようなのよ。それで晴れて契約満了になったから、新規でうちと、って話になった訳だけど、流石に前回ので懲《こ》りたからでしょうね。慎重になって、まずはワンシーズンで契約って選択をしたのよ」

「は、はあ……なのに、何故すぐに更新についての話になったんでしょう？」

　その疑問を抱いたのは広瀬だけでなく、会議に参加している他の面子も同様であった。

「簡単よ。S社と懇意にしているB社の社長に、うちの会社についてちょっと話題に出してもらっただけよ。B社がうちと契約して、どうだったかって話をチラッとね」

　玲華がウィンクしながら、親指と人差し指で少しの隙間を作ってみせると、広瀬が口をあんぐりと開いた。

「――そ、それでは社長がわざわざB社の社長にそう言ってくれるよう頼んだということでしょうか？」

　そう聞く広瀬の顔色が少し悪いのは、自分の仕事の成功のために、自分達の社長が頭を下げたのだろうかという不安からだ。

　それを玲華は手をヒラヒラと振って打ち払う。

「いいえ。頼んでないわよ？　B社の社長とこないだお会いした時に、少し話題に出しただけよ。『S社はどうもうちとの契約でも不安に思っているようです』って、それだけよ？　そしたらB社の社長がS社の社長にそれとなく話しておくって言ってくれてね。何せこの二人、同窓で仲が良いから、B社の社長もS社の社長の不安を晴らしてあげたかったんでしょう。うちとの契約について語ってくれたんだと思うわ」

唖然とする社員達を前に、玲華は悪戯っぽく笑ってから付け加えた。

「ああ、でも、今回の契約の更新の話が出たのは私が根回ししたからだと思っちゃダメよ？私が何もせずとも同じ結果になってたでしょうから。それが遅かったか早かったかだけの違い。私がしたのは結果を早めただけだから」

「いや、だけって言っても社長……」

そう呆然と言ったのは、企画開発事業部唯一の常識人、または苦労人と言われる石田《いしだ》である。

「本当よ？ 前の会議で私がいずれは先方から話が来るって言った時も、B社の社長に話すなんてこと考えてもなかったのよ？ お会いした時に、そういえばって思い出して話しただけだもの」

そう言って肩を竦めた玲華は、未だ呆然としている広瀬に向けて微笑んだ。

「だからこれはね広瀬ちゃん、あなたがキチンと対応したからこその結果よ。広瀬ちゃんがおざなりに契約を結んでいたら私が口添えを頼んだとしても、こうはならなかったわ。だからごめんね、広瀬ちゃんに頼んだ仕事なのに私が勝手に口入れちゃって」

片手を立てて謝罪のポーズをすると、広瀬はハッとなって、勢いよく立ち上がってブンブンと首を横に振った。

「――そ、そんなとんでもないです！　ありがとうございます、社長‼」

ガバッと頭を下げる広瀬に、玲華は苦笑して手を振る。

「もう、こっちは謝ってるのに……ほら、座って？」

「は、はい……」

座り直した広瀬に玲華は再度言う。

「もう一回言うけど、私が何もしなくてもこの結果は変わらなかったはずよ。だから自信持ってね、そしてこれからも今回のように丁寧に話を進めてね、広瀬ちゃん」

「は、はい――‼」

先ほど以上に尊敬に満ちた目でまっすぐ見つめられて、内心で苦笑しつつも玲華は微笑んで頷き返した。

「それじゃ、広告事業部からは以上と思っていいのかしら？　それじゃあ、次、企画開発事業部お願い――じゃなくて、私から先に一つ聞いてもいいかしら？」

「は――何でしょうか」

返事をしようとしてから聞き返す石田に、玲華は額に青筋を作りながらニコリと微笑んだ。

「企画開発事業部の皆のタイムシート確認したら、今月入ってから二週間で残業四十時間って――どういうことなのか教えてくれる？」

痛い所を突かれたと言わんばかりに目を逸らした石田は、ため息を吐いた。

「その――以前の会議で社長から残業時間は四十までと言われたということを皆に告げたんで

すが――」

「ええ、そう言ったわね」

それでどうなったのかと目で問うと、石田は更にため息を吐いた。

「そしたら皆、『じゃあ、四十時間は残業してもいい訳だから、とりあえず四十使ってしまおう』と……そういう訳で」

周りから噴き出す音が聴こえてくる中で、玲華は頭痛を堪えるように額に手を当てて唸った。

「……じゃあ、四十時間使った訳だから、今月はもう残業しないと考えていいのね？」

当然の帰結として玲華がそう問うと、石田は視線を彷徨《さまよ》わせてから言った。

「……そうなればいいと思ってます……」

希望的観測としか聞こえないその回答は石田自身、そんな訳ないと思っているのが透けて見える。

会議に参加している他のメンバーも「無い無い」と言わんばかりに首を横に振っている。

「ええと、社長、言い訳させてもらうなら俺は確かに言いました。全員に残業は四十までだと。紙に書いて室内の扉の目線の位置に貼り付けもしたし、部内メールでも毎日送りました。『今月の残業は四十まで』と」

石田の言ったことが嘘でないことは玲華も把握している。更に、企画開発事業部が今日の定時過ぎの時間に、いくつかの会議室を押さえていることも。

「ええ、わかってるわ。石田くんが率先して示すために定時で上がってることも」

ホッとする石田に、玲華は断固とした口調で言った。

「――でも、今日からは企画開発事業部に残業はさせませんから。定時になったら無理矢理にでも退社してもらいます」

彼らに差し迫った仕事が無い――どころか、どの仕事も非常に余裕があることも玲華は把握している。

「えーと……どうやってかはわかりませんが、その、お手柔らかにお願いします……」

玲華から確かな覚悟を感じたのか、石田は頰を引き攣らせていた。

◇◆◇◆◇◆◇

会議が終わり、玲華が退室してから――

「……なんか社長、先週と比べてグッと落ち着いた感じだな」

「あ、私もそう思った」

「だよな？　先週までの社長って、なんか――」

「そうそう、なんかちょっと、浮ついてたと言うか――」

「ちょっとふわふわぽわぽわしてた感じ？」

「――それだ」

「ああ――可愛かったよな、社長……」

「ほんとね、すごいわ。元から完璧美人なのに、あんな可愛さまで出すなんて、って」

「なあ？　そのせいか『今日の社長』の写真アップしてるサーバー、一時パンクしたみたいだし」

「あー、ダウンロード出来なかったのそのせいか」

「それは仕方ないわ」

「ええ、仕方ないわ」

「……それが今週入ってからは急に落ち着いちゃって」

「いや、どころか、なんかパワーアップしてる感じがしないか？」

「私も思った。なんかエネルギーが満ち満ちてるっていうか」

「ああ、絶好調って感じだよな」

「……やっぱり、男か……？」

「噂ではそうみたいだけど……」

「だとして……どんな男なんだ？　あの社長を射止めるなんて」

「さあ？　少なくともこの会社の男じゃないでしょ」

「あの社長と釣り合うとしたら……やっぱり年上でダンディーなお金持ちな人？」

「あー……そうだな、ダンディーはともかく、年上なのは間違いないだろ。そうでないと、色々と釣り合わんだろうし」

「やっぱりどっかの会社の社長かな？　こう——なんだろ、社長とかセレブが集まるようなパーティーで出会ったとか？」

「その線はデカイな」

「きっと俺達には想像もつかないような煌《きら》びやかなパーティーなんだろう」

「うーん……その可能性も否定しないけど、案外普通な感じの人もあるんじゃない？」

「そうか？　なんで？」

「だって、社長って度量広いじゃない。それに本人がお金持ってるんだし、男にセレブリティとか、そういうの求める？」

「……いや、しかし……」

「私もそう思うなー、社長はきっと見た目とかステータスより、中身重視派よ、きっと」

「あー……言われてみれば、そんな気がしてきた」

「何より、社長が採用してる人とか見たらそんな気がする。上っ面で判断してないし」

「それ言われると言い返せんな……社長に拾ってもらった身としては」

「いや、ここにいる面子は全員、最終面接は社長にしてもらってるでしょうに」

「え、そうだったんですか？」

「なんだ、知らなかったのか？」

「知りませんでした……」

「一応言っとくが、社長が採用したから会議に呼ばれてる訳じゃないぞ？……自分で言うのもなんだが、能力を認められてるからここにいる訳だからな」

「それは……はい、先輩達の仕事ぶりにはいつも驚かされてますから」

「まあ、ここにいる私が言うのもアレだけど、社長って社長やってるだけあって、人を見る目がすごいのよ。だから、ステータスはご立派だけど、中身はスカスカな男とか絶対相手にしないはずよ。賭けてもいいわ」

「ははっ、それは間違いないな」

「けどな、あれだけ完璧な社長と付き合える男にもやっぱりそれ相応の度量は無いときついんじゃないか？」

「……それは否定しないわ」

「ふーむ……どんな人なんだろうな？」

「度量は別として……案外、歳下《としした》の男の可能性もあるんじゃないかしら？」

「……そうか？」

「ああ、あるかも。ほら、社長が可愛がりたいとか甘やかしたいとか、そんな感じで」

「あー……ツバメくん路線か。なるほど、それならあるかも」

「だとしたら線の細い優男な感じか？」

「あとイケメン」

「……なんか、そういう方向なのかと思えてきたな……」

「でしょー？」

このように会議室にいた面々は、自分達の社長のお相手について、賑《にぎ》やかに論じ合った。それが如何に的外れであるかも知らずに。

優秀な彼らでも、プライベートでの玲華の姿を知らないのだから、それも無理は無いと言えた。

だが驚くべきは私生活でのポンコツさを彼らに一切悟らせていない玲華か。

◇◆◇◆◇◆◇

「へー？　けっこういいんじゃない？」

「ですね。いつもながら翠《みどり》さんの行動力と嗅覚には目を瞠《みは》るばかりです」

玲華と麻里の二人が、頭を突き合わせながら机の上に広げられた写真を眺め感心し合っている。

写真に写っているのは様々な服であり、だけでなくそれを見知らぬ外国人が着ているものもあった。

「イタリアだったわよね？　翠はまだそっちにいるの？」

「はい。社長のGOサイン待ちと、その間に他にも新規開拓しておくとのことで、あちこち動いているそうです」

「相変わらずね……」

玲華が苦笑しているのは、二人が話題にしている翠という女性が、世界各国を飛び回り、常に動き回っているからだ。

その彼女の名は七種翠《さえぐさ》——玲華、麻里と同じく、会社立ち上げ時のメンバーであり、渉外担当のスーパー営業ウーマンである。

「それで、これらの卸し額がこれ？　——ねえ、この金額って本当？　間違ってたりしてないわよね？」

書類に並ぶ金額に目を通しながら玲華が麻里へ一応の確認をとる。

「はい、間違いないようで。ですが、数はそう多くは無いとのことです」

「ふーん……？　だとしても十分だと思うけど……」

「ですね。如何致しますか？」

「勿論、GOよ。絶対売れるし。仮に売れなくとも、この数字じゃ問題にもならないわ」

「了解しました。伝えときます」

「うん、よろしく。あ、麻里ちゃん、コーヒー淹れてくれない？」

一段落したところで、玲華がそう頼むと「かしこまりました」と、麻里が一礼して身を翻す。

そうして麻里がコーヒーを淹れているのを眺めながら伸びをしたりゆっくりしていると、麻里がコーヒーを手に戻ってきた。

「どうぞ」

「ありがとー」

香りを楽しんでから一口含むと、玲華はほっと頬を綻ばせた。

「――うん、美味しい」

「社長ほどではありませんが……ありがとうございます」

自席に戻って同じくコーヒーを口にしていた麻里から表情を変えることなく慇懃に告げられて、玲華は苦笑する。

「そんなことないって、もう麻里ちゃんの方が上手よ」

「私はそうとは思えませんが……」

「毎日飲んでる私が言ってるんだから間違いないわよ」

「そうですか」

素っ気ない返事であったが、麻里の口角が僅かに上がったのを玲華は見逃さなかった。珍しいものが見られたと、玲華がご機嫌にＰＣの液晶へ目を向けようとしたところで、麻里が再び玲華の前に立った。

「翠さんからの件でもう一つ、報告があります」

「ああ、まだあったの？　何？」

「はい。こちらをご覧ください」

そう言って渡されたのは、綺麗な紺色のネクタイだった。

「ネクタイ？……あら、これって……」

「はい、手縫いのものです。片田舎に隠居した高齢の職人が作られたものだそうで、翠さんが送ってきました」

「へえ？　じゃあ、イタリアの熟練した職人の仕事ってこと？　流石に見事ね」

「ええ。私もそう思います。翠さんが言うには、その職人の方、一線を退《ひ》いて田舎に隠居したはいいものの、暇を持て余して結局仕事に明け暮れてるということで。こちら他のネクタイの写真になります」

「ああ……」

広げられた写真を眺めながら玲華は苦笑する。

熟練した職人が引退したにもかかわらず腕が錆び付くのを嫌って、結局仕事をしてしまうなんてことはよくある話だ。

「その上、儲《もう》けるつもりで作った訳でないということで、出来た分は生地を買うのに必要な金額分だけ、近所の方に売ってるということで、この品質のものが家にゴロゴロと転がっているそうです」

「それは……勿体ないわね」

「ええ、そこで翠さんが交渉しまして」

「なるほど……流石ね」

いつもながら思うのが、どうやってそのような職人と知己を得るのか不思議でならない。

「ですが、暇を潰すために仕事をしてるというだけあって、数の安定が望めない上に、納期も設けられません」

「……イタリアの職人さんだものね。それも隠居した」

全員が全員という訳では無いが、イタリアの職人はその地の気候の陽気さもあって、気分屋が多い。

「なので、とりあえず家にあるものを引き取らせてもらうよう話を進めたいそうです。そして、時間が経ったらまた引き取りに行くという形はどうかと、翠さんから提案が来てます」

「ふむ……定期的に数は望めないけど、この品質のものね……」

ネクタイを掲げて検分する玲華に、麻里が思いついたように言った。

「あ、ちょっと社長つけて見せてもらえませんか？」

「ああ、それもそうね」

着心地を確かめるということで、玲華は手早くブラウスの上で締めてみた。

「うーん……質感というか、素晴らしいわね――どう、麻里ちゃん？」

感想を聞いてみると、麻里は目を鋭くして検分した後に、感嘆した声を出す。

「ええ、素晴らしい仕事ですね。社長の無駄に大きいおっぱいの上に乗っても存在感がしっかりしている上に、よれる気配もしません」

「ちょっと――!?」

玲華が抗議の声を上げるも、麻里は反応せずスマホを構えた。

「あ、宣材で使うかもしれませんから写真撮っておきます。じっとしてください」

「もうっ――！」

文句を言いたいが、宣材と聞いて玲華は黙って大人しく写真を撮られることにした。

「──はい、けっこうです。それで、如何しますか？」

撮影を終えて何事も無かったように問うてくる麻里に、玲華はため息を吐いた。

「はあ……そうね、安定して数が見込めないのならいっそのこと贈答品や賞品に使うっていうのもいいかも。あ、契約は勿論する方向で」

「……かしこまりました。ですが、贈答品や賞品というと……？」

要領を得ない様子の麻里に、玲華は説明する。

「仕事でお世話になった方への贈答品よ。喜ばれるんじゃないかしら、これは？　賞品に関しては社内の成績優秀者へ賞品として──いえ、違うわね。記念品とかどうかしら？　成績だけでなく仕事への姿勢、協調性、周囲へ良い影響を与えたかとか、何かしら目を瞠ることを為《な》した社員を讃《たた》える機会を作って、その時に労いを込めて記念品として送るのよ。その際は社のロゴをわかりやすい位置にネクタイへ入れたいわね」

説明を受けた麻里は黙考した末に感心したように唸った。

「……いい、かもしれませんね。受け取った社員は自信がつくと共に、これからも張り切るでしょうし、受け取ったネクタイもただの記念品というだけでなく実用性もある素晴らしい作ですから、それを付けて誇らしい気持ちで会社に来るという訳ですか。そしてそれを見た他の社員も次は自分がとモチベーションもアップ出来る……流石ですね」

「ふふっ、でしょう？　でね、今思いついたんだけど、記念すべき最初に贈る対象の内の一人は、仕事の量から考えて残業時間が少ない社員――なんて、どうかしら？」

その内容から玲華が何を考えているか察した麻里は、軽く目を見開いた。

「企画開発事業部へのメッセージとしても使うという訳ですか」

「その通り」

ウィンクして肯定する玲華に、麻里は感嘆したように首を振る。

「素晴らしいですね……付け加えるなら、その際ですが、社長が自らネクタイを巻いてあげると、より効果的かと」

「えっ……私が直接……？　そうかしら……？」

労いのメッセージと共に手渡しするつもりだった玲華は戸惑ったが、麻里は躊躇《ちゅうちょ》なく頷いた。

「ええ、間違いありません。その現場を社員全員が観ていることが一番大事ですが」

「それはその時の光景を録画した動画をサーバーに上げてれば簡単だけど……」

「それもいいですが、その際は各部に設置している液晶で観れるように中継しましょう。絶対その方がいいです」

強く言う麻里に押されて、玲華はコクコクと頷いた。

「じゃ、じゃあ、そうしましょうか」

「はい。では、翠さんにネクタイに我が社のロゴの刺繍《ししゅう》を頼めるか聞いてもらいますね」

「そうね、お願い」

「はい。賞賛する対象の社員もこちらで、ある程度見繕っておきますか？」

「ああ、お願いするわ。残業のことだけでなく、色々な理由で五人ほどがいいかしらね、最初は」

「かしこまりました」

一礼した麻里は机の上に広げられた写真を片付け始める。それを横目に玲華は、少し冷め始めたコーヒーを口に含んだ。

「あ、そうそう、この写真現像してきたので、どうぞ」

麻里がそう言って、片付けた机の上に別の写真を広げたので、玲華はカップに口をつけたまま小首を傾げて目を落とし――

「げほっ――――!」

――噴いた。

広げられた写真に写っていたのは、玲華と大樹のツーショットだったのだ。

カップに口をつけたままだったのが幸いし、今回も噴いたコーヒーはカップが受け止めたため、写真の上にぶち撒けられるという惨事は免れたのである。

「ちょ、ちょっと何よこれ――!?」

顔を真っ赤にした玲華はハンカチで口元を拭いながら、麻里へ叫んだ。

「何って写真ですが……?」

それが何かと言わんばかりの顔をする麻里に、玲華は憤慨して追及する。

「すっとぼけたこと言ってんじゃないわよ‼ なんでこんな写真があるのかって聞いてんの

よ!?」

「なんでと言われましても……隠し撮りしたからとしか……」

「そこは堂々と言うのね!?」

「なんであるのかと聞かれましたので」

「そういう意味じゃないってんでしょ！　いつまで惚けたこと言ってんのよ!?」

「少し落ち着いてください、社長」

「誰のせいよ――!?」

　机を叩いて立ち上がる玲華に対し、麻里は落ち着き払ったまま口を閉ざしている。

　玲華は荒れた息が整ってから、ゆっくり口を開いた。

「それで――？　これはどういうことなのか教えてもらえるのかしら？」

「はい。先週に先輩が映画のチケットを二枚持って帰ったのを確認したので、ああ、大樹くんと行くつもりなんだなと察し、先輩の家の近くの映画館に撮影班を待機させました。その成果がこちらです。なかなか良い出来栄えだと思うのですが、如何でしょう？」

　そんなことを宣《のたま》われて玲華は、頭痛を堪えるように額に手を当てた。

「も、もう、どこから突っ込んでいいのか……」

「写真ですか？　撮影班が男中心だったため、大樹くんより先輩に焦点が集まってしまい、結果的に大樹くんピンの写真が少なくなったのは反省すべき点だと自負しています、申し訳ありません。ですが、この写真なんかいい感じに大樹くんが――」

「どこに反省してんのよ⁉」

更なる突っ込みポイントに対して、玲華が思わず叫ぶも、麻里はやはり反応せずに一枚の写真を手に取って玲華に突き付けたのである。

「——ほら、見てみてください。この大樹くん」

「ちょっと、麻里ちゃ——っやだ、大樹くんが見たことないぐらい柔らかく笑ってる⁉」

玲華は我を忘れて、写真へ目が釘付けになった。

「あと、これとこれとこれも——」

「嘘⁉　私、大樹くんがこんな風に笑ってるとこ見たことないのに⁉」

「やはりですか……」

「え、何、どういうこと⁉」

「恐らくですが、先輩と目が合ってない時や、先輩の後ろにいたりなど、とにかく先輩が大樹くんを見てない時だけ、こんな風に先輩を見ているのだと思われます」

「え……？　わ、私こんな風に大樹くんに、み、見られてた、の……？」

「はい……何と言いますか、率直に言って、すごく愛されてますね。それが良くわかる横顔です。これは」

「——っ～～……」

口をパクパクとさせながら耳まで真っ赤になる玲華。

「——そして、大樹くんに笑いかけてる先輩の写真がこちらですが——ゆるゆるです。デレデレですね。恋すると先輩はこうなるんだなと、しみじみと思わされました」

「や、やだ、ちょっと――」

「そして、見てください。この手を繋いだ時の先輩のニヤケ顔。この世の幸せの全てを掴んだかのような顔」

「きゃー!? やだ、やめてー!?」

麻里が示した通りにだらしない笑顔の玲華が写った写真を、玲華は慌ててひっくり返す。

「そして、これが私のお気に入りの一枚ですね。手を繋いでいる二人の後ろ姿なんですが、夕陽がいい感じに当たって――」

「あ、やだ、本当にいい感じ――」

「そしてこちらがその写真の正面バージョンですね。先輩と大樹くんの二人とも少し照れてる感じなんですが、その表情が何か似てるように見えるというか……ともかく、一番素敵な写真だと思いました。これを撮った人自身も『奇跡の一枚だ』と仰《おっしゃ》ってました」

「こ、これは――!?」

玲華がかぶりつくようにその一枚を凝視する。

「――ま、麻里ちゃん、この写真なんだけど……」

玲華が躊躇いがちに問いかけると、麻里は「わかってます」と言いたげで、それでいて仏のような笑みを浮かべて頷いた。

「はい、もちろん、この写真は全て先輩にお譲りするために用意したものです」

「麻里ちゃん――‼」

　感極まった玲華は机越しに麻里に抱き着いた。

「いいんですよ、先輩……大樹くん、私が思っていた以上に優しそうな人ですね？」

「そ、そうなのよ！　大樹くん、すごく優しいのよ‼」

「良かったですね、先輩……」

「うんうん、ありがとう、麻里ちゃん……」

　この後、玲華はご機嫌に写真を眺めつつ仕事に戻ったのだった――何故、そんな写真があるのかという根本的なことを忘れて……。

第十四話　麻里の提案

「あ、おはようございます、社長！」

「はい、おはよー。あ、昨日はよく眠れたみたいね？」

「おはようございます、社長！」

「はーい、おはよー。今日はいい天気ね？」

次々と向けられる挨拶に対し、たまに一言添えたりしながら返事をしていく玲華。

そんな風に軽快に歩き去る玲華の後ろ姿を思わず目で追ってしまう社員達。

「うーむ、美しい……」

「女神だ……」

「女神やで……」

「女神だな……」

「なんか美しさに磨きがかかったような気がするな……」

「そうだな、今週はそんな感じだな」

「先週の可愛い社長もやばかったけど、やっぱりこうキリッと美しい社長こそがこの会社の社長って感じだよな」

「うむうむ、だが先週みたいな社長もまた見たいものだ……」

「そしたらまたサーバー、パンクするかもだけどな」

「いや、話に聞いたところサーバー増設したらしいぞ」

「マジかよ、そのサーバーだってプライベートの自費でやってんだろ？　流石企画開発の連中だな」

「あいつら、加減ってものを知らねえよな」

「セキュリティすげえらしいぜ」

「下手したらこの会社よりセキュリティきついとか」

「いや、それは言いすぎだろ……」

「いや、あいつらならやりかねん……」

「確かに……」

「そういや、その企画開発の連中だけど、最近帰り早いみたいだな」

「何？　いつも納期が迫ってる訳でもないのに終電間際まで残ってるあいつらがか？」

「ああ、血の涙を流さんばかりに定時に会社から帰ってるみたいだ」

「……それは残業したさで、ってことだよな？」

「そりゃな。無駄に残ってる訳でなく、新しい企画のためにいつも残ってるからな、あいつら」

「……なのに、どうして？」

「いや、どうも社長が追い出してるらしい。企画開発の連中のタイムカード切って、その上部屋のブレーカーまで落として」

「お、おお、マジか……」

「ああ、マジらしい。社長もついに本気出したってとこだな」

「……まあ、この会社の平均残業時間、あいつらのせいで減らねえからな。仕方ねえっていえば、仕方ねえか」

「そうだな、ははは」

「――全然仕方なくないのである」

「うおっ――企画開発じゃねえか、いたのかよ」

「……なんかどんよりしてるな」

「ああ、ゾンビみたいになってんぞ」

「仕事が……仕事が足りないのである」

「もっと……もっと、働きたいのに……！」

「この会社にもっと貢献したいのに……！」

「定時に帰っても一体何をすればいいのか……」

「ヒマでヒマで仕方ないっす……」

「……いや、趣味とか、飲みに行くとかあるだろ」

「我々の趣味は玲華たんとこの会社に貢献することである！」

「つまりは仕事こそが趣味だ‼」

「そうだそうだ！」

「もっと残業をさせろー！」

「……定時内で貢献すればいいだろ……」

「定時なんかすぐ過ぎるのである！」

「そう、気づけば終わっている……はあ……もっと仕事したい……」

「……残業が無くなって逆に元気失《な》くすなんて、こいつらぐらいだよな」

「だからこそ、ストップがかかったんだろ。無理矢理にでもってことで」

「――ああ、納得した」

何かしてもしなくても、玲華の影響力は甚大である。

一方、その玲華はというと――

「はあ……」

引き出しの中にある写真を眺めている間は笑顔だった玲華だが、引き出しが閉まると同時にため息を零した。

それだけで終わらず、机の上にだらしなく身を傾ける。

「はあ……」

「……何ですか、さっきからその大きなため息は」

見かねたように麻里が言ってくるも、玲華は体を起こさずに、弱々しく口を開く。

「だって――」

「だって、何ですか？」

「だって明日と明後日の週末、大樹くんと会えないんだもん」

それを聞いて麻里が目玉をぐるりと天井へ向ける。

「……アラサーが『もん』とか……」

「た、確かにアラサーだけど、いいでしょ、別に!?」

「そうですね……アラサーまで処女をこじらせるとこうなるのかとわかった気がします」

「しょ、処女の何が悪いのよ!?」

「別に悪いなどと……ただ――」

「た、ただ、何なのよ……？」

「先輩のポンコツ具合がひどくなってるのは、もしかして処女だからではないかと思っただけで――」

「ぽ、ポンコツ言うな！　そ、それにひどくなんてなってないわよ!!」

玲華の反論に対し、麻里は息を吐きながら首を横に振り、憐れむような目を向けるだけだった。

「な、何よ、その目は――!?」

「いえ――自覚が無いのは幸せなことなのでしょう」

「どういう意味よ――!?」

ガタッと机から立ち上がる玲華に、麻里は小さく息を吐いた。

「そんなことよりもですね、先輩——」

「そんなことですって⁉」

「ええ、そんな論じても無駄なことよりも、もっと建設的なことを考えましょう」

「む、無駄って……ぐぬぬ……！」

「……『もん』よりは『ぐぬぬ』の方がマシですか」

「ウオッホン‼　——で、建設的なことって？」

「はい。先輩は大樹くんと週末会えないことを寂しがっているのですよね？」

最近、麻里が社長室にもかかわらず『先輩』と呼んでくる機会が増えたなと思いつつ、玲華は躊躇いがちに頷いた。

すると、麻里が中々にぶっ飛んだことを言ってきたのである。

「では、簡単なことです——一緒に住めばいいじゃないですか」

それを聞いた瞬間、玲華の頭は真っ白になった。

「…………は？」

考えた訳でなくやっと出た声はそれだけだった。

「一緒に住めばいいじゃないですか」

麻里は一字一句同じ言葉を繰り返した。

「……え？　い、いやいや、何言ってんの、麻里ちゃん」

「だから一緒に住めばいいじゃないですか。そしたら会えない日も無くなって、この部屋に入った途端、私と二人きりだというのに先輩が辛気臭いため息を何度も聞かせてくることも——ゲフンゲフン——会えない日も無くなって先輩は毎日幸せになれるじゃないですか」

「ねえ、それで言い換えたつもり？」

「一緒に住めば、先輩は毎日幸せになれますよ」

「言い直せばいいってものじゃないと思うの」

「とにかくですね、大樹くんと会えない週末が寂しいなら、一緒に住めば全ての問題が丸っと解決するんじゃないですかと私は言っているんです」

　ここで突っ込むのをやめて玲華は冷静に考えつつ答えた。

「えっと……いやいや、やっぱり無いでしょ。私達まだ付き合ってないのよ」

　玲華のもっともな反論に、麻里はおもむろに頷いた。

「ええ、まだ付き合ってませんね。ですが——お泊まりはしましたよね？」

「！——っ、そ、そう、だけど——でも、それは一泊とかの話で……」

「はい、一泊の話、ですね。ですが、大樹くんに今週末の予定が無ければ、また明日の晩に来てもらって一泊してもらうつもりでしたよね？」

「う……そ、そうだけど」

「叶《かな》うことなら、毎週そうしてもらいたい——間違いないですね？」

「そ、そうよ……？　何かおかしい？」

　羞恥《しゅうち》を覚えながら答えていた玲華だったが、ここで開き直るように言った。

「いいえ、何も？　ここで確かなのは先輩は毎週大樹くんにお泊まりに来てもらいたい。そして少々不確かですが、大樹くんも先輩に招かれたらきっと泊まりに来てくれるということ――間違いないですね？」

「そ、そうね……」

「なら問題ないじゃないですか。毎週が毎日になるだけです。何か不都合でも？」

「ふ、不都合って――だから、私と大樹くんはまだ付き合ってないって――」

「ええ――ですが、お泊まりはしたんです」

「――！」

ここでなんとなくであるが玲華は思い始めた――あれ、大した問題はない……？　と。

「誰も嫌がらないお泊まりが毎日になるだけの話です。大樹くんは一回ですが、お泊まりの提案を快く了承し実際に泊まり、次があることを匂わせたにもかかわらず拒否反応はなかった。加えて――」

玲華はゴクリと喉を鳴らしながら麻里の言葉に耳を傾け始めた――まるで、自ら洗脳されるのを選ぶかの如く。

「まだ付き合ってないだけで、もう確定事項の未来ではないですか。大樹くんの後輩が転職先を見つけ、大樹くんも転職を済ませたら、お付き合いしましょうと大樹くんは言った訳ですよね？」

「そ、そうハッキリ言った訳じゃないけど……そういうことだと思うわ」

「思うも何も間違いありません。ファイナルアンサーです。写真を見ただけでもわかります。お互いベタ惚れです。寧ろなんでまだ付き合ってないのかサッパリわからないレベルです」

「うっ……」

玲華が心臓に矢を打ち込まれたような衝撃を覚えて胸に手を当てるも、麻里は淡々と続ける。

「大体、指を絡めて手を繋ぐまでしておいて、エッチはまだしもキスの一つや二つもしてないなんて……」

「ううっ……」

「更に言わせてもらうなら、大樹くんがお風呂入ってる時に、水着を着てとはいえ先輩も一緒に入って、その後ソファに並んで座ってお酒飲んで、なんで寝室が一緒じゃないんですか。そのまま『酔っちゃった。もう歩けなーい』の一言でも出して、寝室に連れてってもらえば既成事実が出来たというのに……アホですか——いえ、ポンコツでしたね」

「うううっ……だ、だって……」

玲華は碌に言い返せず、弱々しく反論を試みるも、麻里のため息に封じられる。

「それにしても大樹くんも可哀想に……混浴してビキニを着た先輩のエロボディを至近距離で見せられて、その後に浴衣姿で接待のような真似まで受けて、相当期待してただろうに、寝室は別だなんて……生殺しもいいとこですね。その晩、ちゃんと寝れたのか非常に疑わしいです。日々のブラック勤務で疲れてるというのに……」

なんて不憫《ふびん》な……と首を振りつつ嘆く麻里に、玲華は自分が吐血する姿を幻視した。

「かはっ――う、ううっ……だ、大樹くん、ゆっくり寝れたって言ってたもん……」

「それはそうでしょう。大樹くんのように紳士的で礼儀も正しい人は寝れなくとも、そう言うに決まってるじゃないですか」

一分も反論の隙が無い言葉が返ってきて、玲華は項垂れた。そう、大樹はそういう男だと考えるまでもなく玲華にはわかった。いや、わかっていた。

そうやってどんより落ち込む玲華を見かねたのか、麻里は仕方なさそうに言った。

「まあ――勢いのままに手を出したくないというような、先輩を大事にしたいという、そんな心意気も感じられますけどね。今時、珍しい硬派なタイプとも言えます」

玲華はガバッと顔を上げた。

「そ、そう思う⁉　私のこと大事にしたいって――⁉」

勢い込んで玲華が尋ねると、麻里は少々不機嫌そうにしながら渋々と頷いた。

「そうですね。写真の中で先輩を見ている時の彼の顔を見る限りはそうでしょう」

「や～ん、もう大樹くんったら――‼」

照れってれの顔で玲華が浮かれた声を出すと、麻里は白けた目となった。

「――だからと言って、彼のそんな心意気に甘えるような真似もどうかと思いますが……」

ギクッと玲華の肩が揺れる。

「そ、そんなつもりは無かったけど……」

「ええ、わかってます。先輩の彼氏いない歴イコール年齢と不器用さとポンコツさが噛み合ってしまった結果ですから」

「ぽ、ポンコツ言うな……」

いつもの反論を玲華はそれはもう弱々しく口にした。

「まあ、先輩のポンコツさはともかくとして……そうですね、付き合う前に同居を提案した場合に大樹くんが懸念する点として、生殺し生活になりかねないというところに難色を示すかもしれませんが……ここは他に焦点を当てて説得するしかありませんね」

「他に焦点……？」

「ええ、例えばですが――」

麻里が説明を始めようとしたところで、玲華のスマホが机の上で振動しているのに気づき、その液晶に目を落とした玲華は喜色満面となった。

「あ――‼」

そこからスマホを手に取る素早さに、麻里は目を瞬かせた。

「……大樹くんですか？」

「うん」

語尾に音符を乗せたような調子で答える玲華に、麻里は片眉を吊り上げるも、喜ぶ玲華を見てか僅かに頬を緩ませていた。

「ふっふーん……――ふむふむ」

読み進める毎に玲華の目が真面目になっていく。

そして返信をしてからさらにスマホを操作した玲華は、麻里に目を向けた。

「麻里ちゃん、今プリンターに印刷したもの取ってくれる？」

「はい——ああ、例のですか」

その指示だけで玲華が何を印刷したのか察した様子の麻里に、玲華は頷いた。

「そ、大樹くんからのお願いごと」

◇◆◇◆◇◆◇

「とりあえず、印刷されたのをもう一枚コピーしました。私も確認する、でいいんですよね？」

「相変わらず察しが良くて助かるわ。お願い、麻里ちゃん」

大樹が送ってきた企業リストを印刷したものを受け取りながら、玲華は麻里に頼んだ。

この手の分野に限らず、麻里が蓄積している情報は玲華のそれを確実に上回っている。

「では——各企業名の横へ黒なら×、白なら○、すぐわからない微妙なとこにはとりあえず△をつけることにしましょう。△は後で調べておきます」

「そうね、お願い」

「はい」

大樹からは記憶にある分だけでいいと言われていたが、折角の大樹からの頼みごとに玲華が全力を出さない訳がなかった。麻里もそれを察して、手伝ってくれているのだ。

麻里が席に戻るのを尻目に、玲華はリストの上から目を通す。

まずは自分のわかる範囲で○をつけようと思って、上から目を通してみる。

「……うーん……？」

玲華と関わりがあるというか知識として知っている企業が少なく、一割ほどしか○がなかった。次に×を探してみると、これは最近意識して耳を傾けるようになったせいか三割ほどに×がついた。他はもう△だ。

「……うーん……」

ただリストの企業と関わりが少ないから○が少ないのかと玲華が唸っていると、麻里が机の前に立っていた。

「――終わりました」

「え、早くない⁉」

「以前に、改めて考えると集めて損の無い情報と判断したので、社長が大樹くんと出会ってから、この手の情報を収集しておりました。幸い、全ての企業名がこちらのデータにありましたので」

そして差し出されたリストを見て、玲華は改めて唸った。

「な、七割ほどが×って……で、残りが○か……」

「はい。正確には黒に近い白なんてものもありましたが、私からしたらとてもお勧めできないところだと判断しましたので。そして今は白でも近い内に黒になりかねないところも×にしました。その結果がこれです」

「そ、そう……助かるわ」

我が秘書ながら、どれだけの情報を蓄えてるのかと玲華は慄いてしまった。

「思うに、あちらでグレーだと判断したもののみを送ってきたのでは無いでしょうか。リストにあった企業名を考えると、そうとしか思えません。大手企業も入っていませんでしたし」

「あ、そっか……でも、だとすると大手やあっちがクリーンな企業だと判断したもの以外の七割が×なんて……」

「……恐らくは職歴の短かさが枷《かせ》になってるのでは？　条件に合うところが少ないのではないでしょうか」

「ああ、そういうことか……確か、まだ二年目だったわね。大樹くんの後輩」

「らしいですね。でも、このリストは本命リストが全滅だった時のためのものだと思われるので、そこまで心配するほどのことでも無いのでは？」

「そう……ね……」

（問題はその本命のリストにどれだけの数があるかよね……今は時期的にも中途半端だし……）

次の春から入る新卒と同じ扱いで採用を考えてくれるのならまだいいのだろうが、そうでなければやはり彼らの職歴の短さが枷となっているように思える。

手元のリストの中にある〇のついた企業も悪いところでは無いのだろうが、このリストにある時点でなんらかの妥協をしたものなのだろう。

大樹という自分にとって大切な人が大事にしている後輩である。まだ会ったことがないにもかかわらず、下手なところには入社してもらいたくないという気持ちが玲華にはあった。

（……うちならどの部署でも受け入れられる……企画開発の子達が頑張りすぎたせいで仕事には困ってない……いえ、ありすぎて困ってるぐらい……ううん、それ以前にうちに入りたいかどうかの方が問題か……）

自分で経営していてなんだが、玲華には自分の会社が優良企業を名乗っても文句を言わせない自信と自負がある。

（優秀な子ならやっぱり欲しいし、大樹くんが面倒見てきた上に太鼓判を押す子達なら、普通に欲しいわね……やっぱり先に聞いてもらうだけ聞いてみようかしら……後輩達が彼らの本命のリストに比べてうちの会社に入りたくなるかどうか……）

少し気にかかる点として、後輩の女の子二人が大樹を憎からず想っている節があるが、それは別と考えるしかない。大樹の心の安寧の方が大事である。その二人が落ち着かないことには大樹も落ち着かないだろう。

それに玲華は大樹から待ってもらいたいと言われており、勝者の余裕もあった。

玲華はそれからも暫し黙考した末に、ジッと立って待っていた麻里をチラッと見上げた。

「――考えは纏まりましたか？」

何でも聞きますよと言わんばかりに佇《たたず》む麻里に、玲華は苦笑した。

恐らくだが、玲華が何を考えていたのかなどお見通しなのだろう。

「――ええ。ちょっと予定を早めるわ。後輩の子達がいくつか受けてから誘ってみようかと考えてたけど、受けようと考えてる企業と比べて、うちの会社に入ってみたいか聞いてもらうよう大樹くんに言ってみる」

「そうですか。いいんじゃないでしょうか」

「……やっぱり反対しないのね？」

玲華がそう聞くと、珍しく麻里は小首を傾げた。

「以前にも理由は聞きましたし、反対する理由もありませんしね」

「そう」

「あと、以前に大樹くんの情報を集めたせいか、収集にストップをかけても自然と入ってくるんですよね、情報」

「え……そうなの？　そ、それで……？」

ソワソワしながら玲華が続報に関して待つと、麻里は淡々と話し始めた。

「はい。大樹くんと付き合いのある企業の方からなんですが、やはり優秀との声が高いです。加えて、ある時期を境に優秀ぶりに磨きがかかった、と」

「……ある時期？」

「はい、およそ一年ほど前になるでしょうか」

「へえ？　何があったのかしら？」

「……社長にしては察しが悪いですね。話の流れからわかりませんか？」

「……あ！　後輩の子達……」

「ええ。後輩の子達が入社して半年──普通なら仕事を覚え始めたところなんでしょうが、いえ、実際に三人の内、二人はそうなのでしょう。一人が何かしら突出──いえ、化けたようですね」

「あ……」

玲華の脳裏に後輩達の話を語っていた時の大樹の言葉が浮かび上がる。

──この一言に尽きます。非常に優秀です。

「恐らくは社長が非常に優秀だと聞いていた子のことでしょう──名は綾瀬恵」

「そ、そう。綾瀬って子だったわ、確か」

「やはりですか。本当に優秀なようですね、大樹くんの仕事の能力を恐らくは十全以上に揮《ふる》えるようにサポートしていると思われます。大樹くんと併せて名前を覚えている方が多数いました──新卒と言って差し支えない子の名を、です」

玲華の背筋にゾクッとしたものが走った。

そして続けて口を開く麻里の声に心なしか熱がこもっているように玲華は感じた。

「そして仮にですが、綾瀬恵が我が社に入社したら──私に面倒を見させてください」

言葉ではお願いの形だが、その断固とした口調に、麻里の中では確定事項のようになっているのを玲華は感じとった。

「……彼女が秘書課に興味を持つなら、ね」

「もちろんです――ということで、大樹君一党を入れるのは賛成です。いえ、寧ろ積極的に入社を勧めるべきでしょう。ヘッドハンティングという形でもいいぐらいです」

どうやら相当、綾瀬のことが気にかかっているようだ。

「……大樹君一党、と言うと……大樹くんも？」

玲華がそう聞くと、麻里は目を瞬かせた。

「勿論です。集めた情報から優秀なのはわかりきってますし、あんな会社で飼い殺していい人材ではありません」

何を言ってるんですかと語尾に聞こえてきそうな調子で言われて玲華は苦笑した。

「……そうよね……」

「……入ってほしくないんですか？」

玲華の煮え切らない態度に麻里は不思議がった。

「そんな訳ないじゃない。大樹くんにも入ってほしいわよ！」

「……？　なら、どうして、そのような――ああ、断られるのが怖いのですか」

ギクリと玲華は肩を揺らした。

「図星ですか。まったく何を今更――と言いたいところですが……でも、そうですね……ふむ……」

「え、何？　何なの、麻里ちゃん⁉」

「いえ。先輩から聞いた大樹くんの性格を分析したら、後輩達の分は甘えるでしょうが、彼自身となると……と思いまして」

「えーーやっぱり⁉」

何となくであるが、玲華自身も思っていたのだ。大樹は誘っても来ないのではないかと。

「ですが、どうなんでしょう……本人と話していればもう少しハッキリしたのですが――」

玲華が項垂れていく中、麻里は軽い調子で言った。

「けど、後輩三人次第では一緒に入るという可能性も高いと思いますが。でなくとも、誘い方次第で、十分に勝算はあると思います」

「ほ、本当――⁉」

「はい」

「ど、どう誘えば――⁉」

「ええ、肝心な点として、親しい仲だからという点は一切出さずに、評判として大樹くんが優秀なのを知ったからという点で誘わなくてはダメです。同情からの誘いだと思われてはいけません」

「そ、そうね。大樹くん、親しくなってもこのリストのことぐらいしか頼ってこないし、情じゃダメよね……。それに実際に、優秀な人欲しいんだし……」

「そうです。実際に優秀だから我が社は欲しいのです。先輩と親しいからでは無いんです」

「そ、そうね」

「ええ。大樹くんが近くにいれば先輩がきっと面白くなり、この会社であたふたする先輩が見れるかと思うとそれはもう楽しそ――ゲフンゲフン――次点としてですが」

咳払いをし、キリッとした麻里に玲華は待ったをかけた。

「ちょっと――⁉」

「ええ、次点としては、やはり後輩達が入ればすんなりいくのではと思います。彼らとまた一緒に働く機会があるのは大樹くんにとっても後輩達にとっても嬉しいことでしょうから。それでも難色を示した場合、後輩達三人をうちへ放り出して満足するのでなく、彼らを見守るために、共にここで働いてはどうかと」

「な、なるほど……！ってちょっと待ちなさい！さっきのは聞き捨てならないわよ‼」

納得しつつも玲華が抗議するが、麻里は構わず続ける。

「そして、さっきのでも大樹くんが渋った場合は――」

「ちょっと麻里ちゃん⁉」

「――何ですか？」

ここで何故かピタッと止まって、聞き返す麻里に玲華は戸惑いつつ口を動かす。

「あのね、私をからかうために、大樹くんをうちに入れたいなんて考えてないでしょうね？」

玲華の問いに、麻里は心外なと首を振りつつため息を吐いた。

「何を言ってるんですか、そんなこと――大当たりのおまけぐらいにしか思ってませんよ」

「そ、それはかなり嬉しいやつでしょ！　すごく待望してるやつでしょ⁉」

「ええ——ですが、おまけはおまけです。副産物です。それが主目的ではありませんので、先輩をからかうために彼を入れたいという訳ではありません。おわかりですか？」

　懇々と諭すように言われて、玲華は唸る。

「む、むう……」

「——それで続きは聞くんですか？　後輩達を口実に入社を促して、それでも難色を示した場合ですが」

　ここでそれはズルいと玲華が思うのも無理は無く、だが口にせず渋々と頷いた。

「……続けて」

「はい、これは最後の手段とも言えますが——」

第十五話　大樹と綾瀬

「先輩、お昼何か用意してきました？」

隣の席に座る綾瀬からそう聞かれて、大樹は首を横に振る。

「いや、昼にコンビニに行くつもりでな」

普段なら通勤途中のコンビニで適当に昼食を買って来るのだが、今日は近くでイベントか何かあったのか、軒並み売り切れだったため、後で買いに行くことにしたのである。

「そうですか。なら、一緒に外へ食べに行きませんか？」

「うん……？　ああ、そうか。夏木も工藤もおらんからな。じゃあ、そうするか」

今日は土曜で、大樹は綾瀬と二人だけで休日出勤をしており、そのため綾瀬が普段昼を一緒に過ごしている夏木がいない。だから、大樹に白羽の矢が立ったのだろう。

「んー……まあ、いいか。じゃあ、もうお昼になりましたし、行きましょう？」

苦笑気味にそう促されて、大樹は時計を確認してから席を立った。

「……もうこんな時間だったか」

「ええ。先輩って指示出しさえなければ、相変わらず没頭して仕事しますね」

「む……そういえば、お前に途中から何も指示を出していなかったか」

「私には必要ないことぐらいわかってますよね？」

「……まあ、そうだな」

茶目っ気たっぷりの笑みを浮かべる綾瀬に、大樹は苦笑しながら頷いた。

「さ、行きましょう」

「ああ」

◇◆◇◆◇◆◇

「先輩、木曜の朝は大丈夫でした？」

行く店を決めて二人で会社の外を歩いていると、綾瀬が僅かに緊張を顔に浮かべて聞いてきた。

この木曜とは綾瀬がクソ社長に出張のお供を命じられたが、大樹の言う通りに仮病でその難を避けた日のことだ。

「ああ、問題無かったぞ」

大樹が軽く答えると、綾瀬はホッと胸を撫《な》で下ろした。

「ならよかったんですが……でも、連絡した時うるさかったんじゃないですか？」

「まあ……そうだな、隠さずに言うと、うるさかったな。『どういうことだ！　なんでこんな時間になって言う!?　社会人としての自覚があるのか!?』とな。まさか、社会人としての自覚があるのかアレに言われるとは、と思ったな」

「……私のせいで、申し訳ありません」

しゅんとして謝る綾瀬に、大樹はからからと笑った。

「はっは、何もかも悪いのは、あのクソ野郎だ。お前が悪いことなど一つもない」

最後に「だから気にするな」と言いながらポンと肩を叩く。

「……はい、ありがとうございます」

俯きながら消え入りそうな声で礼を述べる綾瀬に、大樹は頷いた。

「そういえば、電話した時にな」

「？……はい、まだ何かあったんですか？」

「ああ。お前の代わりとして、今度は夏木を来させろなどと言うかもしれんと思ったんでな」

「！——そ、そういえば、その可能性を失念しておりました」

顔を蒼褪《あおざ》めさせた綾瀬を安心させるために、大樹は再び肩に手を置いてやった。

「大丈夫だ、それを言うかもと思ったから先手を打ってこう言ってやった。『病欠した綾瀬の代わりに彼女の直属の上司である俺が責任を持って出張のお供を務めます。今から参りますので、少々お待ちいただけるでしょうか』とな」

途端に目を丸くし噴き出しそうになった綾瀬に、大樹はニヤニヤと続きを言った。

「そしたらあのクソ社長、慌てて『ば、馬鹿野郎、お前など来んでいい！　社に行ってろ！』そう言って、電話を切りやがった——失礼な野郎だな？　俺が代理で行ったら誠心誠意、お供をしてやったのにな？」

肩を竦め首を振りつつやれやれと言うと、綾瀬は体をくの字にして爆笑した。

「せ、先輩……！　ふっ、くくっ……こ、心にも無いにも、ほ、程がありますよ……あっははは‼」

「何を言うか、俺があのクソ野郎のお供をしたなら、財布が入った鞄も含めた荷物の全てを丁《でっ》稚《ち》の如く持ってやって、そして前方に不審者がいないか警戒のために率先して前を早足で歩いて、やつを置き去りにした後に、スマホの電源を切って、翌日になってから帰りの新幹線の中で連絡をとってやるぐらいには誠意を持ってお供をしてやるぞ？」

それはもはやお供ではない。強盗まがいの悪い置き去りである。

そんな話を聞いた綾瀬は手で押さえた口の奥から、噴き出しそうになったのを堪えようとして失敗したのか、くぐもったような音がした。

そこで大樹が片眉を上げて「どうだ、やつには十分なお供っぷりだろう？」と追い打ちをかけると、今度は堪えかねたようで、綾瀬は土曜の真昼の最中、人がたくさん行き交う歩道上で呼吸困難に陥りかねないほど爆笑した。

◇◆◇◆◇◆◇

「ちょっと先輩！　あんなとこで人を笑わせないでください‼」

どこにでもあるような定食屋に入って注文をすませると、綾瀬からぷんすか文句を言われて、

大樹はどこ吹く風と言い返した。

「俺は別に笑わせるつもりで話した訳じゃない。勝手に笑ったのはお前だろうに」

「何言ってるんですか！　私が笑い出すのを堪えてる時に止め刺すように言ってきたじゃないですか！」

「言いがかりもいいところだ。俺は同意を求めて口にしたに過ぎん」

「もう！　先輩いつもああやって、飄々と私達を笑わせようとしてるの知ってるんですよ⁉」

「ひどい誤解だ。俺はいつも真面目に話してるだけだというのに」

「～っ！　くっ……あ、あんな話が真面目な話のはず無いじゃないですか⁉」

また噴き出しそうになった綾瀬は顔を真っ赤にして堪えていた。

「何を言っている、社長の話だぞ？　社長に関しての話なら普通、社員である我々は敬意を抱きつつ真面目に話して当たり前ではないか」

大樹が心にもないことを言って反論すると、綾瀬は俯きがちに肩を震わせて耐えていた。

そして暫し経った後に、綾瀬は深呼吸をして息を整えてから拗《す》ねるように言った。

「本当に先輩は……相変わらず妙な屁理屈が上手いですね」

「屁理屈とは失礼な……屁がつこうがつくまいが理屈に変わりはない」

「そういうとこですよ――！」

目を吊り上げて小さな声で器用に怒鳴ってくる綾瀬に、今度は大樹が堪えかねて、くっと低い声で笑い始めた。するとムスッとしていた綾瀬だったが、笑い続ける大樹に釣られたのか静かに一緒になって笑い合った。

「……そういえば、先輩と二人っきりでお昼は久しぶりですね」

一頻り笑ってから綾瀬がそう口にして、大樹は思い出しながらゆっくり頷いた。

「確かにそうだな」

「ええ。前も土曜だったと思います」

「同じ休出の時だったか」

「はい……初めて先輩と二人でお昼した時のこと、覚えてますか？」

懐かしむような顔で聞かれて、大樹は記憶を探ってから頷いた。

「ああ、覚えてるぞ。ちょうど一年――いや、もう少しぐらい前だったか？　その日、食事に手もつけずに、いつまでもお前は泣き止まなかったな」

言いながらより深く思い出した大樹の言葉に、綾瀬は顔を赤くして慌てたよう手を振った。

「そ、それは忘れてください――！」

「そうは言うがな……お前が食べずに泣く前で俺だけ食べ始める訳にもいかんかったから、なかなかにひもじい思いをさせられたのを忘れられんでな」

悪戯っぽく言うと、綾瀬は更に顔を赤くして少し涙目になった。

「も、もう――！　だからそこは忘れてくださいって‼　私が話したいのはその前のことですよ！　なんで二人でお昼に行ったかって話です‼」

大樹は苦笑を浮かべて、可愛い後輩をイジるのはここでやめてやることにした。

「仕方ない――ふむ、何故二人で行くことになったか……ああ、お前達がこの会社の実態を知ったからだったか」

「は、はい、そうです。それも私のせいで、穂香や工藤くんに迷惑をかける形で――」

口にしながら落ち込んでいく綾瀬に、大樹は小さく息を吐いた。

「その日にも言ったが、お前は何も悪くなど無かった。俺がもっと指示を徹底していれば、問題なかったのだからな。そのことで責任があるのなら俺だ。だから気に病むのはやめろ」

新卒の綾瀬達が入社して会社勤めというのに慣れ始めた頃はまだ、大樹が多く仕事を振ることもなかったために、後輩の三人は割とノンビリ勤めていた。だが、大樹が出張で三人の前からいなくなる少しの間に、彼らはこの会社のブラックぶりを知ることとなったのである。

その切っ掛けは――

「はい――いえ、やっぱりなかなか割り切れません。私が思い上がったバカで無ければ、先輩の言うことにもっと耳を傾けていれば、穂香と工藤くんに、あんな迷惑をかけること無かったと思うと……」

「あいつらならもう気にしてないのはわかっているだろ？　それに俺の指示のせいだと――いや、悪いのはあのゴミだな。というか、どう考えても全部あのゴミが悪いだろ」

大樹が渋面を作って本気で言うと、綾瀬はクスリと笑った。

「はい、ゴミ課長が悪くないだなんてかけらも思ってませんが……それでも、偶《たま》に過去の自分を思いっきり殴りたくなる時があります」

大樹は複雑に眉をひそめた末に、零すように苦笑した。

「入社したての頃のお前は……確かに扱いにくかったな、プライドの高い女性そのものみたいな」

「うっ……た、確かにそうでしたけど、いちいち口に出さないでくださいよ」

穴があったら入りかねない様子の綾瀬に、大樹は机越しに身を乗り出す。

「今だから言うがな……あの頃のお前を見て何度か思ったことがある——聞くか？」

「え……な、何ですか——いえ、いいです。言わなくていいです」

ふるふると首を横に振って拒否を示す綾瀬に大樹はおもむろに頷いた。

「うむ。あの頃のお前には、こう——すごくとんがった眼鏡をかけると似合うんじゃないかとよく思ったものだ。お前は眼鏡をしてないのに、そう思わされるとは不思議なものだな」

大樹が手で高飛車な女性がかけてるイメージのある、凄《すさ》まじくシャープな眼鏡を形作ると、綾瀬はかーっと耳まで真っ赤になった。

「そ、そんなこと思ってたんですか——⁉　てか、言わなくていいって言ったのに、なんで言ったんですか⁉」

「いや、さっきの『言わなくていい』はどう考えても『押すな、押すな』としか聞こえなかったからな」

「フリのはずがないじゃないですか——⁉」

綾瀬の反応に気を良くして大樹がからからと笑っていると、二人の注文したものが来て、やむなく綾瀬は続きの文句を飲み込んだ。

「おう、美味そうだな。食べるぞ、綾瀬――いただきます」

「も、もう！　本当にいつも先輩は‼」

「うん？　どうした、綾瀬？　今日も食べずに泣いて過ごすつもりか？」

大樹がニヤニヤしながら言うと、綾瀬は憤然と言った。

「そんな訳ないじゃないですか⁉　――いただきます‼　後それは忘れてください‼」

「さて、どうだろうな？」

「先輩‼」

二人は賑やかに昼を過ごしたのだった。

第十六話　自己評価を改めろ

「そうか……君もついにあの会社を辞めることにしたのか……」

「はい。まだいつかはハッキリとはわかりませんが……栗林《くりばやし》さんにはお世話になったので、こうしてご挨拶に伺わせていただきました」

　とある喫茶店で大樹は、自分より一回り以上は年上の男性に頭を下げた。

「ふっ、やめないか、メールでも電話でもいいようなことをわざわざ……いや、そもそも退職するからと営業でもない君が、取引先とはいえこうやって挨拶をする義務も無いと思うがね、はっはっは……」

　考え直してから、おかしそうに笑う栗林に、大樹は苦笑する。

「いえ、栗林さんとは打ち合わせや、その後の飲み会でも散々お世話になりましたし」

「それこそ、わざわざ挨拶するまでもないことだよ、柳くん。何せ君と飲みたくて、打ち合わせの数を多くしたことだってあるのだから」

「ああ、道理で打ち合わせのペースが早いなと思いましたよ――まったく、敵《かな》いませんね、栗林さんには」

　腑に落ちた大樹が苦笑を深めると、栗林は一本取ったような顔で更に笑い声を上げた。

「はっはっは――で、どうだ、この後、久しぶりに飲みに行くかね？　勿論、奢《おご》らせてもらうが」

「はは……大変ありがたいのですが、この後まだ予定がありまして……申し訳ありません」

大樹が心から残念に思いながら軽く頭を下げると、栗林はがっくりと項垂れた。

「やはりそうか……残念だが、こんな時間だものな。もしかして、この後も私にしたように他の取引先の方へ挨拶に向かうのかね？」

「はは、実はそうです。あと二人ほど約束させてもらっていて」

「まったく……本当に義理堅い男だな、君は」

今度は栗林が苦笑を浮かべる。

「ふむ、まあ……君の用向きはわかった。あの会社に頼んでも君に仕事を頼むことはもう出来ないということだな？　私が知らずに頼まない内にと、そう話しに来た訳だな？」

「ええ……勿論、俺以外の社員に任せてもいいと言うのなら、俺のことなど気にせず、それは栗林さんのご自由になさってください」

「ふっ……君のいないあの会社に仕事を頼むなど、もうある訳もない。義理堅い君に辞める決断をさせるとは……まったく呆れた会社だ、本当に……」

その痛烈な物言いには大樹への最大級の賛辞が含まれており、それを察せない訳でもない大樹は無言で頭を下げた。

「――それで？　今の会社を辞めてからどうするかはもう決めてるのかね？」

「いえ。まだ何も決まっていません」

「ふむ……まあ、君のことだから何かしら考えがあるのだろうが……」

「はは……」

特に大した考えは無いとは何となく言えず、大樹は苦笑混じりに愛想笑いを浮かべた。

「ま、ともあれ、君が今の会社を辞めても私は付き合いを続けたいと思っているのでな。転職したのなら、また連絡をもらえると嬉しいかな。会社によっては、また君と仕事が出来るかもしれんしな。そうでなくとも――偶に飲みに付き合ってくれよ?」

手で酒を飲む仕草をしながら茶目っ気をこめて笑う栗林に、大樹は頭を下げる。

「はい、是非」

「それで、まあ、仮にだが、仕事に困ったのならいつでも言ってくれ。私に採用の権限は無いが、人事課に口をきくことぐらいはいつでも出来るのでな。君なら大歓迎だ」

「あ――ありがとうございます」

今日そう言ってくれたのは栗林だけでは無い。

挨拶しに行った人、皆同じようなことを言ってくれるのだ。

(頭が下がる思いというのは……こういうことを言うのだろうな……)

大樹は自然と傾く頭を意識しつつ、しみじみと思った。

◇◆◇◆◇◆◇

「十四時か……」

栗林と別れた大樹は、次の待ち合わせ場所へ向かいながらスマホで時間を確認して呟いた。

日曜の今日は、仕事を通して大樹の中でも特にお世話になった人への挨拶回りをしていたのである。

先に栗林が言ったように辞める旨を伝えるだけなら、メールや電話でよいのだろう。大樹は営業では無いのだから。

だが、それでは何となく気が済まなかった大樹である。

特に、大樹に仕事を頼みたいからという理由で、今の会社と付き合っている人なんかには、もうこの会社ではこれ以上、自分は仕事を受けられないことを伝えなくてはならない。

そういった人達には直接話したいと大樹は思ったために、休日の日曜を利用して、こうやって足を運んでいる。相手にとっても貴重な休日だというのに、嫌な顔をせず時間をとってくれたのだ。

今大樹は五味からの仕事を制限している。受けているのは大樹にとって付き合いの深い会社からだけだ。それは今日挨拶したような人達に迷惑をかけたくなかったためだ。

なので今やっている仕事が片付けば、大樹が辞めることを知っている、馴染《なじ》み深い所からはもう仕事は来なくなるため、完全に会社に心残りは無くなる。

後は後輩達次第という訳だ。

そのために大樹は玲華と会うのをぐっと我慢して、今日という日をこのように使っている訳である。

「……会いてえなあ……」

会社で仕事をしていれば然程気にならなかったが、日曜に私服を着て動いていると、どうにも玲華の顔を見たくなってしまう。だけでなく、玲華の楽しげに語りかける声が聴きたい。あのポンコツぶりに癒されたい。嬉しそうに笑う顔が見たい。大樹の作ったものを幸せそうに食べている姿を見たい……と、次々と欲求が湧き出る。

それだけ玲華にまいってしまっていることに気づかされて、大樹は苦笑した。

スマホを操作して、玲華の写真を表示させると、その美しい笑顔をたっぷり眺めてからスマホをポケットにしまう。それから大樹は自分の両頬を叩いて気合いを入れた。

「——っし、後二人だ。最後はそのまま飲みに誘われるか？　芦田《あしだ》さん酒強《つえ》えからな。ほどほどにしてもらおう」

独り言ちると、次の週末は絶対玲華に会おうと改めて決心した大樹であった。

◇◆◇◆◇◆◇

「はー……」

大樹は首をコキコキと鳴らし、重苦しいため息を吐きながら社長室から戻ってきた。

「あー……大丈夫っすか、先輩」

顔を上げた工藤が、苦笑と共に聞いてくる。

「うん？　ああ、まあな。相変わらず、無駄に偉ぶりながらネチネチ言われただけだ」

「……簡単にその光景を想像できるのがまた」

苦笑を深める工藤の隣で、夏木が顔を上げる。

「やっぱり、出張の件ですか、先輩!?」

「ああ。お前は後輩に体調管理の大事さも教えれてないのかと言われたな。後は──聞き流して覚えとらんな」

「あっはは、三十分はいたのにそれだけって」

噴き出す夏木の斜向《はす》かいで、綾瀬が申し訳無さそうに頭を下げる。

「すみません、先輩。私のせいで……」

「もういいと言っただろう、綾瀬。そもそも、お前のせいでは無いし、あのクソ社長が俺に叱ってきた内容だって的外れもいいとこではないか。体調管理もバッチリだったしな。ただ、あのクソ野郎と二人っきりの出張など体調管理以前の問題だったという話なだけだ」

大樹が肩を竦めて言うと、揃って噴き出す後輩の三人。

「それに、何も無駄に時間を過ごしただけでないぞ。これからは、綾瀬が体調不良になった時のように社長に迷惑がかからないよう、次からの出張のお供は何が何でも俺が責任を持って務めさせていただくと言っておいたからな。もう、そうそう声はかからんだろ」

ここで堪らないとばかりに笑い声を上げたのは後輩三人一緒であるが、綾瀬のは一際だった。

「せ、先輩——⁉　卑怯ですよ、そのネタ——‼」

「何だ？　何が卑怯だというんだ？　俺が誠心誠意、社長のお供をすることがか？」

大樹が真面目な顔を作りながら戯《おど》けたように言うと、綾瀬は机に顔を伏せて苦しそうに肩を震わせ始めた。

「なになに？　恵、どったの？　先輩、恵どうしたんですか、これ？」

夏木が面白がるように聞くと、大樹は肩を竦めた。

「さてな。どうも俺が社長のお供をすることに、何か思うところがあるらしい」

「いや、まあ、思うところというか、違和感しか無いと思うんすけど」

「あっはは、本当よね。先輩のことだから、ここぞとばかりに嫌がらせしそう」

「おい夏木、人聞きの悪いことを言うな。俺が敬愛する社長にそんなことをする訳ないだろう」

「敬愛してないのはわかりきってるから……つまりは、するんですよね？」

ニヤつく工藤からの鋭い問いに、大樹は真面目ぶった顔で顎を擦《こす》った。

「ふむ、そうだな、逆説的に言うと……そうなるのだろうな」

再びどっと爆笑を始める後輩の三人であった。

そうして笑いが落ち着き始めて、各自仕事を再開しようとしたところで、大樹達の机に近づく者がいた。

「おーい、柳、ちょっと休憩行くんだが、ちょっと付き合わねえか。コーヒー奢ってやっからよ」

　そう言って手で煙草《タバコ》を吹かす動きを見せている彼は、この会社にいる中でも最古参と言っていい定年も間近な年配の男で、違う部署ながら後輩達とも幾らか付き合いがあり、彼らの先輩である大樹はより世話になったことがある。

「館林《たてばやし》さん？　ええ、構いませんよ。ちょうど喉が渇いたとこでもあったし、ご馳走になります」

　大樹は逡巡《しゅんじゅん》することなく、席から立って館林に快く承諾した。

「おう。じゃあ、ちょっと借りてくからな、お前らの班長」

　後輩達にそう言い添えて、館林が快活に笑いかけると、それぞれ会釈して後輩達は大樹と館林を見送ったのであった。

◇◆◇◆◇◆◇

「けっこう久しぶりですかね、館林さんにコーヒー奢ってもらうのって」

　喫煙所のある屋上に着いて、奢ってもらった缶コーヒーを傾けながら大樹がそう切り出すと、館林は煙草に火を点《つ》け美味そうに煙を吐き出して、ニヤリとした。

「ああ、そうだな——聞いたぜ？　お前、五味の野郎をとっちめたらしいじゃねえか」

「とっちめたって……はは、いい加減、あいつの相手をするのが面倒になったから、きつく言ってやっただけですよ」

苦笑しながら肩を竦めると、館林は堪らないとばかりに豪快に笑い出した。

「かっはっは、そうか、きつく言ってやっただけか。俺が聞いたところだと、今にもお前が五味の野郎を、殴り殺しかねない形相だったって聞いたぜ?」

「あのゴミの物分かりが余りにもひどくて、もう少しで手が出そうになりましたが、流石に殴りませんよ」

「構うことなく、やっちまえばよかったのによ——がっはっはっは」

相変わらずの屈託のない笑みを見せられて、大樹が懐かしみつつホッとしていると、不意に館林が言った。

「お前、ようやっと、この会社辞める気になったんだな……?」

「……どうしてそう思われたんで?」

大樹は否定も肯定もせず、そう聞き返すと、館林は煙草を咥《くわ》えてから大きく煙を吐き出した。

「最近のお前さんと五味の野郎とのやり合いが一層ひどくなってきたってのを聞いたのと、後はお前が受けてる仕事が、先代の時からの取引先に集中してるってのに気づいてな」

「……違う部署だってのに、よくまあそこに気づかれましたね……」

元より隠す気のなかった大樹は、そう言って館林の言い分を認めた。

「まあ、そこは年の功だな」

ドヤッとした顔を見せる館林に、大樹は堪らず噴き出した。

「ははっ……後輩達もいい加減、手もかからなくなって俺が教えられることも無くなってきましたので――」

後輩達が転職先を見つけ次第、自分も辞めるつもりだということを大樹は簡単に話した。

「――ったく、お前は、義理堅いだけでなく、面倒見もいいってか……？　まあ、それに目処がついたのなら、何よりだ。その後輩達のケツ叩いて、さっさとこんな会社辞めちまえ」

「……はい。館林さんには、辞める前には挨拶するつもりだったんですが――」

「んなもん、いらねえよ。前から言ってただろうが、お前みたいな若いやつがいるような会社じゃない、さっさと辞めろってな」

「……はい」

ぶっきらぼうなその物言いと、変わらない館林の温かさに、大樹は何度となく励まされたことと思い出していた。

「――それにな、お前がいるから辞めてないってやつだって、けっこういるんだ。そいつらのためにも、さっさと辞めて『次』に行け」

「……俺がいるから……？」

大樹が怪訝に眉を寄せると、館林は呆れたように顔をしかめた。

「はあ、なんだ、やっぱり気づいてなかったのか……お前はお前が思っている以上に、周りから慕われてるし、評価もされてんだよ。だからお前が踏ん張っている内は、って辞めてないやつもいるんだ」

大樹がパチパチと目を瞬かせると、館林はため息と共に煙を吐き出した。

「ったく、その代表例がお前の後輩達じゃねえか。あいつら、お前がいる限りは辞めるつもりなんか間違いなく無かっただろうが」

「……そう、ですかね……？」

まったく思わなかったことも無いが、改めて人に言われるとそうなのだろうかと首を傾げてしまう大樹に、館林は呆れたように首を横に振った。

「どう考えてもそうだろうが、お前の庇護下にあったから自分達がまだ健康的に働けてることなんて嫌と言う程、承知してるはずだ。どんな鈍チンでもそれぐらい気づく。そして、それだけ世話になったお前を残して辞めていったら、お前が余計に大変なことになるってこともな……そうやって程度の差はあれど、お前がいるから辞めてないってやつは他にもいるんだ。それは理解しとけ」

「はあ……」

「……お前、相変わらず変なとこで自己評価の低いやつだな」

「……そうですかね？」

「ああ。後な、あのゴミの下で危うい中、お前が仕事を回して決壊させて無いから、踏ん切りつかねえやつも多い。そしてお前が辞めたら、どう考えてもあのゴミの下で仕事は回らなくなる。そうなってから、これはいよいよダメだと見切りつけるやつも増えるだろう……違うか？」

「そ、れは……」

大樹は自分がいなくなった時のことを考えてみた。その場合、五味が我が物顔で適当に采配し始めるだろう。すると仕事が回らなくなるのは必然と言えた。そして、そうなったならいい加減、館林の言う通り、もう無理だと逃げ出す社員も増えるだろう。いや、きっと間違いなくそうなるだろう。

（……俺がいるせいで辞めてない人がいる……？）

その結論に至って、大樹は愕然《がくぜん》とした。

「あー、なんだ、思い違いするなよ。未だに辞めてないやつの責任はそいつらのもんだ。お前のせいじゃねえ。お前がいようが、いまいが辞めることなんて出来たんだからな。辞めてないやつが苦労してるのは自分のせいだなんて、くだらねえこと考えんなよ」

「で、ですが……」

「ったく……俺が話したいのはお前を責めることじゃねえ。未だに一人じゃ、踏ん切りつけれないやつのケツを叩くためにも、お前はさっさと辞めちまえって言いてえだけだ」

その言葉は大樹の中にストンと落ちた。

「……わかりました」

「ああ、わかったのならいい……お前、自己評価もうちょっと改めるようにしろよ？　でないと、転職先見つけるのも難儀するぞ」

眉をひそめて注意してくる館林のその言葉に、大樹は苦笑して頷いた。

「肝に銘じておきます」

「ああ。お前なら大企業の中でだって、上手く立ち回ってもっと大きな仕事をこなせるだろう——俺が保証する」

「……ありがとうございます」

静かに大樹が頭を下げると、館林は大樹の肩に手を置いて念を押すように真剣な顔で言った。

「俺が保証したこと——忘れんなよ？」

「——はい」

大樹が館林の目を真っ直ぐ見て答えると、館林は頷いて破顔した。

「よし——ふっ、お前が辞めたらこの会社もいよいよ秒読みの段階に入るだろうな」

どこか寂しそうに口にした館林に、大樹は聞いてみた。

「……館林さんは、その前に辞めないんですか？」

「なんだ、俺みたいな老骨の心配なんてしなくていいぞ」

「いや、そんな——」

「いいから。この年になっても独り身だしな、好きにやるさ」

「……そうですか」

「ああ……それに、俺ぐらいは最後まで付き合ってやらんとな。この会社も浮かばれんだろ」

遣《や》る瀬無いように言った館林だが、すぐにニカッと笑った。

「ははっ、何もこの会社に最後までいたからって死ぬ訳でもない。とにかく、俺の心配などせず、お前はさっさと次に行け――いいな？」

聞いたところ、先代がこの会社を立ち上げてから間もない段階で館林は入社したらしい。それからどのような苦楽があったかなど大樹のような若造に推し量れるものでない。更には長く共に成長した会社が潰れていく様を見届ける心境がどのようなものなのかなど、到底想像の及ばないことだ。

館林には館林なりのケジメのつけ方があるのだろう。

大樹は自分に口出しできることでないと悟り、それ以上何も言わず頷いた。

「ああ。それでいい。それに、こういう時、よく言うだろ？『老兵は死なず、ただ消え去るのみ』ってな」

再びドヤ顔を作ってそんなことを言う館林に、大樹はジト目になった。

「館林さん……それ言ってみたかっただけでしょ」

「うっ……」

気まずそうに館林は目を逸らすと、二本目の煙草に火を点けると空へ目をやって煙を吐き出した。

「……煙が目にしみるぜ」

「台無しですよ」

◇◆◇◆◇◆◇

「うーむ……」

もはや定例会のようにもなった週半ばの居酒屋での飲み会の中、大樹は綾瀬から受け取ったリストを手に唸っていた。

「――それでね、先輩何て言ったと思う？　『俺があのクソ野郎のお供をしたなら、財布が入った鞄も含めた荷物の全てを丁稚の如く持ってやって、そして前方に不審者がいないか警戒のために率先して前を早足で歩いて、やつを置き去りにした後に、スマホの電源を切って、翌日になってから帰りの新幹線の中で連絡をとってやるぐらいには誠意を持ってお供をしてやるぞ』よ？」

綾瀬が同期の二人に、大樹の声真似をしつつ一字一句違わず大樹が言ってたことを話すと、夏木は口に手を当てて口の中の物が噴き出すのを抑え、工藤は同じようにしたが少し失敗して、着ていたジャケットにビールが少し零れてしまった。

二人は口元や手やらを布巾で拭うと、ゲラゲラ笑い出した。

「そ、それのどこに誠意があるの――!?」

「せ、先輩ならやりかねない――!!」

文字通りに腹を抱えて苦しそうなほど笑う二人に、綾瀬はご満悦な顔になる。

「あなた達二人はここで遠慮なく笑えるからいいけどね、私は真昼の往来でこれ聞いて呼吸困難になってすごく恥ずかしかったんだからね？　先輩はいつものように真顔で淡々と言うし」

大樹の正面に座る綾瀬が二人に指を振りながら言うと、ますます笑い声を強める隣に座る夏木と、いつもと同じく斜め向かいに座る工藤。

「や、やめて――⁉　く、苦しい――‼」

「ぷっくく――！　や、やめてくれ、綾瀬‼」

どうやら綾瀬は自分と同じ苦しみを与えようとしているのか、更に二人を笑わせようと、口元をニマニマさせながら追撃をしている。

「お店に着いたら着いたらで――」

その話をしていた本人を目の前にしながら、綾瀬は大樹をネタにして同期の二人を更に苦しめている。そんな三人に構わず、大樹は相も変わらず先ほど綾瀬から受け取った本命や大手の企業名の入った応募候補のリストを見て唸っていた。

そのリストの中には、誰もが知るような大手企業の名前が幾つかある。殆どが綾瀬の希望である。工藤と夏木はその中では一つしか応募する気は無いようだ。だが、これはある意味予想通りと言っていい。

そして、大手というほどでは無いが、明らかにブラックでないとわかる企業に一人、もしくは二人が重なって候補にしているところが幾つか。これも納得出来るところであるし、やはり予想していた。

予想外なのは三人揃って候補に挙げているところが一つしかなかったことと、もう一つ——

「なあ、お前らが三人揃って候補にしているところなんだが——」

その声に、いつの間にか話し手だった綾瀬まで含んで爆笑していた三人は、苦しそうに大樹へ振り返ってから、一旦落ち着こうと深呼吸を繰り返した。

「すーはー……ええ、はい、何ですか先輩？」

話し手だった分腹筋へのダメージが少なかった綾瀬が、目尻の雫《しずく》を拭いながら返事をする。

「……随分と盛り上がっていたようだな」

思わずそう言うと、後輩三人はぷっと軽く噴き出して、肩を震わせた。

「いやー、先輩が相変わらず面白いからですよ」

「その先輩の話を先輩の目の前でしているのにもかかわらず、その反応は流石っす」

夏木と工藤がうんうんとしながら、どこか誇らしげなのが大樹にはおかしく見えた。

「……一応言っておくが、さっきの話に補足すると、定食屋に入った後、穴があったら入りそうなほど綾瀬は真っ赤——」

「うわー!?　わーわーわー!!」

綾瀬が顔を真っ赤にして身を乗り出し叫びながら両手を大樹の口に当ててきた。

「な、何を言おうとしてるんですか、先輩——!?」

「何ってお前が——ふがっ」

答えようとするも大樹の口は綾瀬の手に押さえられて言葉にならなかった。

「うわーうわー！　い、言わなくていいです⁉」

切羽詰まった顔の綾瀬に、夏木と工藤が顔を見合わせた。

「なになに、恵、どったの？　ちょっと、この穂香ちゃんに聞かせてごらんなさい？」

「うんうん、あれだけ先輩のこと話しておいて、自分のことは話させないなんて、そんなことしないっすよね？」

二人揃って意地の悪そうなニヤニヤとした笑みを向けられて、綾瀬はたじろいだ。

「ち、違うの――！」

「うん？　何？　何が違うの？」

「うんうん、何が違うんっすかね？　教えてもらわないとわかんないっすねぇ」

「そうそう、一から十まで教えてもらわないとわからないわよねえ？　ねえ、工藤くん」

「うんうん、夏木の言う通りっす。なんなら百まで教えてくれてもいいんっすよ？」

もはや悪魔のようにしか見えないほどの同期のコンビネーションぶりに迫られた綾瀬に、大樹は縋るような涙目を向けられて、噴き出すように苦笑を零した。

未だ口に当てられている手をポンポンと叩いて引いてもらう。

「お前達、その辺で勘弁してやれ」

「えー、先輩がそれ言いますかー？」

「そうっすよ、先輩が言いかけたことじゃないっすか」

「はは、勘弁しろ。俺も少々意地が悪かった、その話に関しては――」

もう終わりだ、と続くと思ったのだろう綾瀬がホッと胸を撫で下ろしたところで——

「——今度、綾瀬がいないところでしてやる」

「先輩——⁉」

ガーンとショックそのものな顔になった綾瀬に、大樹は堪らず噴き出した。

「くっ——じょ、冗談だ。綾瀬」

「も、もう！　先輩！　もう——‼」

隣に座っていたらポカポカ殴られていただろうなと、今日は隣が夏木でよかったと大樹は苦笑を零した。

「はあ……残念」

「本当に……」

もう大樹が話す気は無いようだと悟った夏木と工藤がため息を吐く。そんな二人や拗ねた顔をしている綾瀬に構わず、大樹はキリッとした顔を三人に向けた。

「ところで、お前達三人が揃って候補にしているこの企業なんだが——」

そう言って大樹はリストの中にある企業名を指差した。

そこには最近非常に縁深くなった——大樹の思い人が経営している会社の名『SMARK'S SKRIMS』があった。

第十七話　俺に預けろ

「ああ、はい、『SMARK'S SKRIMS』ですか？　そこがどうかしたんですか？」

綾瀬が小首を傾げながら答えると、大樹は僅かに口ごもった。

「いや、その、なんだ……ここだけがお前達三人が揃って応募しようとしてるな、とな」

そんな珍しくも歯切れの悪い大樹に後輩の三人は揃って不思議そうになりながらも、口々に答え始める。

「それは偶然だけど、偶然でもないようなーって感じですかね。ねえ、恵？」

「そうね。私ももしかしたらって思いながら候補に入れてたかな」

「そうっすね。俺ももしかしたらって思いながら書いたら、やっぱりって感じだったっす」

夏木、綾瀬、工藤の言葉を聞いても、大樹にはいまいち要領を得られなかった。

「つまり……どういうことだ？」

大樹の頭の上に疑問符が浮かんでるのを見たかのように、三人は軽く噴き出した。

「あっはは、なんか先輩のそんな顔珍しいかも。えーっとですね、何だっけ？　工藤くんがもってきた雑誌だっけ？」

「えーっと、そうっすね。なんかの雑誌だったかと」

「確か企業情報のフリーペーパーじゃなかった？　駅前で配ってたって」

「その記事に載ってた写真の社長が美人だったことで目惹いたのもあるんっすけどね、なんか
──」

「そうそう。それで、その中で『SMARK'S SKRIMS』の記事があったんだよね」

「工藤くんが休憩の時にその雑誌広げてて、私達も一緒に見たのよね？」

「あ、それそれ」

「それっす！」

「そう、写真越しだけど、周りの社員の人の雰囲気がすごくよく見えたのよね」

工藤の言葉の続きを綾瀬が言うと、夏木がうんうんと頷いた。

「それ見て、うちとは偉い違いだなーって皆で言ってたんだよね。あと、オフィスがなんかすごく綺麗でお洒落そうなのもポイント」

「高層ビルの上層にあるっすからね、休憩室からの景色も最高って記事にあったっすね」

「残業して遅くなったら綺麗な夜景も観れるなんて素敵よね」

「だよねー。それで、こういうとこにいつかは入りたいよね、って話してたんだよね」

「ね！　仕事もやり甲斐ありそうだしね」

「──そういう訳で、俺は転職って聞いて、一番にその会社を思い出したんすよ。いや、俺だけじゃなかったたってわかった訳っすけど」

肩を竦める工藤の横で綾瀬と夏木がきゃっきゃとはしゃぎながら話すのを聞ききながら、大樹は思い出していた。

そもそも大樹が玲華の経営する社名を覚えていたのは彼らと同じく雑誌を見て、まったく同じような感想を抱いたからだ。そしてその雑誌は大樹の机の近くに転がっていたもので――つまりは後輩達が話していた雑誌そのものだということだ。

後輩達も玲華の会社を知っていたのでは無い。彼らが雑誌を見て玲華の会社を知ってから、大樹も知ったということなのだ。

「……すると、何だ、お前達の一番の本命は――この会社、なのか？」

どういう表情をしたらいいのかわからなくなった大樹が、顔を上に向けて額に手の甲を当てながら静かに尋ねると、夏木と工藤が苦笑した。

「そうですねー。あの時に感じた憧れのせいですかね、ここが一番の本命になりますね」

「そうっすね。ていっても、実際的に入れそうなのって綾瀬ぐらいな気がしますけど」

夏木と工藤の二人に関しては、一番の本命であるが、受かるとはあまり思っていないようだ。

「ちょっと、そんなこと言わないでよ。こうなったら三人で行きましょうよ。示し合わせた訳でもないのに、本命が一致したんだから」

「そう言ってもねー、私は恵ほどの学歴も無ければ、恵のように先輩を助けられるほど仕事出来る訳でも無いし」

「はあ……そうなんっすよね。だから綾瀬だけでも行って、どんなとこか教えてくれたら嬉しいっす」

「もう！　二人だって、しっかり自己ＰＲしたら受かるわよ。履歴書もキッチリ仕上げたら

――」

二人に熱心に言う綾瀬本人は、受けたらそうそう不採用にはならないと思っているようで、そしてその見立てが間違っていないことは大樹が綾瀬より良くわかっている。

そしてやはり雑誌を見て大樹と同じ感想を抱いただけあって、三人共に玲華の会社に憧れ、いつかは、と思ったようだ。

それより、工藤と夏木だ。二人の自己評価では、採用にならないと思っているようだが、それは早計である。この二人でも応募したら十分に勝算はあるはずだ。実際的に、この二人は十分に仕事が出来ている。ただ、傍に綾瀬という桁外れに優秀な存在がいるから、自己評価が低くなってしまっているのだろう。

（……だが、三人揃ってというのは流石に難しいか……）

良くて、二人が採用というところだろうか――各自が普通に受けたとして。

後輩達が賑やかに言葉を交わす前で、大樹は押し黙って思考を巡らせる。

（……何て偶然だ……）

いや、これは偶然なのだろうかと大樹は自問した。

もしかしたら自分は、この三人を玲華の会社へ導くために今の会社にいたのではないのだろうかと思ってしまうほど、運命的なものを感じた。感じさせられたのだ。

思えば大樹は先代の恩返しとして、後輩達の面倒を見て、守り、導いてきた。

その最後の仕上げを、大樹は何かに後押しされているような気がしてならなかった。

（……そういうことですかい、おやっさん……？）

大樹は目を閉じて、今は亡き先代の姿を脳裏に思い浮かべて問うた。

彼はしたり顔で豪快に笑うだけで何も答えなかったが、それで十分だった。

大樹は目を開け、深く息を吸って吐いた。

不思議そうに自分へ目を向けてくる後輩達に構わず、大樹はもう少しだけと思考に耽《ふけ》る。

（……さて、俺のすべきことはわかった……が……）

後輩三人が、玲華の会社に応募して揃って採用される——普通なら難しいだろうが、大樹からしたら実に簡単な話だ。

大樹が頭を下げて頼めば、玲華は嫌がらず快諾することがわかっているからだ。ただ、玲華といえど何の役にも立たない上にサボり癖まであるような者を頼んだら、断るだろう。

大樹が頼むからというのと、推薦する後輩達が実際に優秀だと大樹が話すから受け入れてくれるのだ。

その結論が考えるまでもなく出てくるぐらいには、大樹は玲華を知っている。

——お姉さんに、まっかせなさーい‼

そんな玲華の声が脳裏に聴こえてきて、大樹は思わず苦笑した。

（だが、しかしなあ……）

一人や二人ならともかく、三人引き受けてもらうというのは幾ら何でも厚かましすぎやしないかというのが大樹の偽らざる心情だ。

頼めば玲華なら受けてくれるだろうが、だからといってそれに全面的に甘えて良いものではない。

（……どうしたものか……）

大樹が再び目を閉じて唸りながら悩むと、最後に玲華と会った時の顔が浮かび上がった。

――大樹くんがその用事を片付けるのに――私で力になれることがあったら何でも頼ってね？

――それがベストだと大樹くんが思ったら、本当に遠慮せずに言って。私は絶対に大樹くんの味方だから――ね？

（……私で力になれることがあったら――本当に遠慮せずに……）

今になって玲華の言葉を顧みると、玲華はこのことを予想していたのではないかと大樹は思えてきた。

（三人の内、一人、二人をと頼んだら……遠慮を見破られるな……）

そこまで考えたところで、大樹は確信した。玲華は大樹がこのことで頼ってくるのを待っていることを。

大樹が目を開けると、ずっと黙って考えていたからか、後輩達が揃って緊張したような顔つきでこちらを見ていた。

彼らのその表情は、ふと大樹の記憶を刺激した。

（あれは……そうだ……俺が出張から帰って来た時か）

出張に行く前までは三人共に、大樹のことを舐めていた。五味に馬鹿にされながらこいつは高卒だと紹介され、そして年齢が彼らと一つしか違わないということと合わさって、無理もないことだが、大樹が自分達の教育係だということを不服に思っていたのだ。

表面的には言うことを聞いていたが、内心に不満があることをまるで隠せていなかった三人を思い出して、大樹は思わず苦笑を零した。

そんな大樹を見たからか、後輩の三人が揃ってホッと安堵の表情になって、それがまた大樹の記憶を刺激した。

大樹が出張に行ってる間に、五味のせいで会社のブラックぶりを体験してしまい、精神的にまいっていた彼らは大樹が帰ってきたのを見た途端、ホッとしていたのだ。その時ほど大きな安堵とは言わないが、今の彼らと被ったのだ。

あの時の三人はそれから何を考えたのか、さっきのような緊張した顔で大樹に何か言おうとしていたのだが、色々と察した大樹は何も聞かず、疲労を隠せない彼らをさっさと早退させたのだ。

それからだろう、大樹の班がまとまり始めたのは――。

「あの、先輩……その、この会社には応募しない方がいいんでしょうか……？」

恐る恐るといったようにそんな頓珍漢《とんちんかん》なことを聞いてくる綾瀬に、大樹はつい噴き出してしまった。

「くっ――くくっ……いや、まったくもってそんなことは無いぞ……っふ、くくっ」

「そ、そうなんですか……？」

不思議そうにしながらもホッとしたような綾瀬に、大樹は頷いた。

「ああ……もう一度聞くが、お前達は『SMARK'S SKRIMS』が本命で、そして出来ること
なら三人揃って、この会社に入りたい――間違いないな？」

綾瀬、夏木、工藤は互いに顔を見合わせてから、揃って頷いた。

「……そうか」

それが彼らのベストだということを大樹は再確認した。つまりそれは大樹のベストでもある。

「よし、わかった――少し聞きたいんだが、お前達、『SMARK'S SKRIMS』以外にどこか応
募を出したりとかしたか？」

三人は再び顔を見合わせてから首を横に振ると、代表するように綾瀬が答えた。

「いいえ」

「そうか、ならば良し……暫くだが、転職活動はしなくていい」

その唐突な言葉に目を丸くする三人。綾瀬が戸惑いながら聞いてきた。

「えっと、どうしてか聞いてもいいですか……？」

「うむ、そうさな……俺を信じて、この話を俺に預けてほしい」

そんな答えになってないような言葉を返すと、三人はまた顔を見合わせると肩から力を抜い
て、苦笑を浮かべた。

「なんでそんなこと言うのかと思いましたが、先輩がそう言うなら――はい」

「愚問だよね」

「そうっすね」

綾瀬の言葉に、相槌を打つ夏木と工藤に、今度は大樹が驚いて目を瞬かせた。

「随分あっさりと承諾するな？　お前達に転職活動を始めさせたのは俺なのに、一方的にやめろと言われて」

「……そんなこと言われても、ねえ？」

「ねえ。第一、先輩信じられなかったら、私達信じられる人いなくなっちゃうし」

「てか、先輩に裏切られたら人間不信になる自信あるっす」

最後の工藤の言葉に、うんうんと相槌を打つ綾瀬と夏木に、大樹は背中がむず痒《がゆ》くなるような感覚を覚え、思わず三人から目を天井へ逸らした。

「そ、そうか……」

口ごもりながらそれだけ返すと、三人は「おや？」と言いたげに口元をニマニマさせた。

「ご、ゴホンッ――と、とりあえず、お前達は暫く転職活動はしなくていい。俺が言うまで、応募はどこにも出さんでくれ」

大樹が咳払いしてそう言うと、後輩の三人はニコニコしながら「はーい」と元気よく返事をした。

どうにもやりにくさを感じながら、大樹は付け足した。

「それと、来週までに履歴書を仕上げておけ。スキルシートに写真も忘れるな」

「履歴書、ですか……？　それも来週までに、ですか？」

きょとんと綾瀬が問うと、大樹は頷いた。

「ああ。来週までに必要でない可能性もあるが……念のためだ」

「……わかりました」

何故と理由も聞かない三人に、大樹は改めて三人からの強い信頼を覚えた。

「夏木、工藤、しっかり丁寧に書くんだぞ」

「ちょ、ちょっと先輩！　なんで恵を飛ばして、私と工藤くんだけに言うんですか⁉」

「そうっすよ！　夏木はともかく、なんで俺にまで⁉」

「おいこら、工藤くん⁉」

「ひっ——⁉」

夏木と、彼女に睨まれる工藤を放って、大樹は綾瀬へ目を向ける。

「すまんが、綾瀬。出来たらでいいんだが、週末の間に三人で顔を合わせて、二人の履歴書の添削を頼んでいいか？」

「ふふっ——お任せください」

「すまんな」

「いえ」

誇らしげで嬉しそうに承諾した綾瀬は、大樹へ向かって瓶ビールを傾けた。

「グラス、空ですよ？」

「お、すまんな――ぷはっ、うむ、美味い」

注いでもらったビールを早速飲み干してから、また注いでもらった大樹は綾瀬から瓶を受け取って、返してやる。

「あー、もう！　なんで二人だけで和やかに飲み始めてるんですか⁉　いつも言ってますけど、先輩、私と恵の扱いが――」

夏木がいつもの愚痴を言い始めて、そしていつものように賑やかに夜は更けていったのであった。

書き下ろし番外編　社長あり幹部会議

「少しご相談したいことがあるので、この後付き合っていただけないでしょうか、先輩」

麻里から真剣な顔でそう声をかけられたのは、定時から一時間ほど過ぎて、そろそろ帰ろうとした金曜の夜のことだった。

「えっと……相談？　この後？　麻里ちゃんが？」

その雰囲気から会社のことかと玲華は思った。

だが、それだとこの社長室ですればいい話であり、そして『先輩』と呼んできたことも含めて、恐らくはプライベートに関することだとすぐに察した。なので、玲華の声には困惑の色が混じっていた。

麻里からプライベートの相談など非常に珍しかったためだ。

「はい。先輩のご都合が良ければ、この後食事も兼ねてどこかお酒のあるお店でも……」

俯きがちで、どこか憂いを帯びたような、そんな麻里にしては珍しい表情までされたら、この後とくに予定の無い玲華からしたら答えは一択だ。

「いいけど――」

◇◆◇◆◇◆◇

そうして二人揃って会社を出ると、予め行く店を決めていたのだろう麻里の案内により訪れた居酒屋の個室に入った玲華の目に飛び込んだのは、勢揃いした会社立ち上げ時の同期二人と後輩二人。

「はーい、玲華。お久しぶり——でもないわね」

「お疲れ、玲華。そうね。先週の土曜に会ったしね」

「そうだったわね！　それから一週間も経ってないっていうのに、玲華ったら……」

「そうそう。ふっふっふ……」

「お疲れ様です！　いやー、社長にも遂に男の影ですか！」

「お疲れ様です、社長……お、おめでとうございます……？」

四人からニヤニヤと、親しみとからかいが混じった笑みを向けられて玲華は瞬時に察した。

（ハメられた……!!）

「み、皆んな揃ってどうしたのよ……あ、ごめーん！　ちょっと用事思い出したから——」

振り返ってこの場から逃げ出そうとしたところで、左手首に何か冷たい感触がしたと同時に
「ガチャン」と音が鳴った。

「え……？」

何事かと見下ろすと、玲華の手首には銀色に光る金属の輪が嵌《は》められていて、それには鎖が伸びていて――つまりはいわゆる手錠がかかっており、鎖の伸びた先のもう片方の輪は麻里の手首に嵌まっていたのである。

愕然と玲華が手錠から視線を上げた先には、ここに来るまではあった憂いの色などかけらも感じられない、しれっとした麻里の顔があった。

「ほら、中へ入ってください。社長」

何事もなかったかのように告げられた玲華はワナワナと口を震わせた。

「ま、麻里ちゃん!?　何よこれは!?」

「何って……何がですか?」

「これよ、これ!!」

手錠のかかった左手を挙げると、つられて吊り上がる麻里の右手。

「?　手錠ですが、何か……?」

「何か、じゃないわよ!?　なんで手錠なんてあるの!?　そして、なんで私にそれをかけるの!?」

「なんであるのか、という問いに対しては、ドドンキで買ったからで、そしてなんで社長にかけたかというと……愛?　でしょうか」

最後にはニッコリと微笑まれ、玲華はあんぐりとする。

そうしている内に、麻里は中へと進み、必然的に手錠で繋がっている玲華もたたらを踏みながら後に続くことになった。

「ちょ、ちょっと待って、麻里ちゃんっ」

玲華の抗議の声に構わず、麻里は空けられている上座へ向かってスタスタと歩く。

そこで中にいた四人は手錠で引っ張られる玲華を見て、目を見開いた。

「……て、手錠って……」

艶然とした色気《フェロモン》がダダ漏れしてるかのような美女で玲華と同期の伊集院清華《いじゅういんさやか》が頬を引き攣らせている。

「あの子、曲がりなりにも上司に対して不意打ちで手錠かけるなんて……」

同じく玲華と同期で、どこか疲労感を漂わせ、しかしそれが彼女の魅力を惹き立たせてるかのような目鼻立ち整った美女、神楽舞《かぐらまい》が呆れた目をしている。

「さっきの様子からして一瞬の早技っぽいですね……」

活発な印象が強く八重歯が特徴で、玲華の後輩であり麻里の同期である七草翠がわかりやすいほどに引いている。

「……恐ろしい……」

同じく麻里の同期で、この中では珍しさを感じさせるほど物静かな印象のある朝霧凛子《あさぎりりこ》がブルっと体を震わせた。

個室に入って早々から同僚の四人を引かせた麻里は、それを気にすることなく奥へ進み、玲華を座らせると自身はその隣に腰を落とした。

「お待たせしました、皆さん……飲み物も頼んでないようですから、まずはそこからですか」

何事もなかったかのようにドリンクメニューを広げる麻里に、彼女以外の五人はドン引きである。

「ねえ、どうしてこの子が社長秘書なのかしら……？」

「どうしてだったっけ……」

麻里を後輩に持つ清華と舞が引き攣った声を出す。

「い、いやー、あっはっは……時々、同期と思えない時があります……親友なんですけど……」

「……逆らえない……」

麻里と同期の翠と凛子が首を横に振っている。

「麻里ちゃん……わかった。わかったから。逃げないからこれ外して……」

死んだ目をした玲華が手錠が嵌められた手を挙げて己の秘書へと訴えた。

「かしこまりました」

麻里は慇懃に一礼して、胸ポケットから取り出した鍵で手錠を外した。

玲華はホッとしながら手首をさすると、深々とため息を吐いた。

「はあーっ……」

そんな玲華の様子から、麻里以外の四人が気の毒そうな顔だったり、同情のこもった視線だったりを向ける。

「お疲れ様ね、玲華。さ、とりあえず、飲み物頼みましょう」

親友の清華に促され、玲華は丸めていた背中を伸ばして、笑みを浮かべた。

「そうね、そうしましょうか」

◇◆◇◆◇◆◇

「つぷはーっ。一週間……じゃなく、引く一日ぶりかしらね？　玲華」

乾杯を済ませて、舞がジョッキのビールを半分ほど空けてから、どこか面白がるように声をかけてきた。

「？　そういえば、そうかもね」

「ああ、確かにそうね。先週の土曜に三人で飲んでたしね」

対面に座る清華が同意するように頷くと、悪戯っぽい笑みを浮かべて言った。

「そう。その日から一週間も経ってないのに……随分と面白い状況になったようねえ、玲華？」

その言葉と同時に、麻里以外の四人からニヤニヤとした視線を向けられて、玲華はピクッと肩を揺らした。

「な――な、な、何のことかしらね？」

盛大に目を泳がしながらの玲華の反応に、幾人か噴き出した。

「ふっ、くくっ……玲華、あんたわかりやすすぎよ」

清華が舞と一緒にケラケラと笑い声を上げる。

秘書を除いた後輩達は顔を背けて肩を震わせている。

「ま、とにかく……聞かせなさいよ、あんたの男のこと」

「そうそう。それ聞くために今日仕事終わらせてきたんだからね、玲華」

清華と舞にニヤニヤと問われて、玲華は盛大に目を泳がす。

「だ、だから、な、何のことよ……？」

「ああ、もう！　そういうのいいから！　ほらほら話しなさい！」

「あの男に縁がなかった玲華がねー。ねえ、どんな人なのよ？　てか、いつ会ったの？

一昨日《おととい》、麻里から報告聞いた時は前の週末じゃないかって予測したんだけど、どうなのよ？」

「ちょ、ちょっと待ってよ!?」

親友で同期の二人はこれでもかと容赦がない。

「言っとくけど、詳しく聞くまで今日は帰さないからね」

「幸い明日は土曜だし、急ぎの仕事も無いことは麻里から聞いてるし？」

「社長の男って、どんな感じなんですか!?」

「け、結婚とか考えてるんですか……？」

こんな調子で後輩達にまで詰め寄られ、玲華が観念して全てを話し始めたのは間も無くのことである。

尚、その間、玲華の忠実（？）なる腹心で秘書な麻里が何をしていたかというと、尋問は先輩と同期に任せて、一人ゆっくり酒と食事を堪能していたのであった。

本書に対するご意見、ご感想をお寄せください。

あて先

〒162-8540 東京都新宿区東五軒町3-28
双葉社　モンスター文庫編集部
「櫻井春輝先生」係／「あむ先生」係
もしくは monster@futabasha.co.jp まで

MONSTER bunko

社《しゃ》畜《ちく》男《おとこ》はB《び》人《じん》お姉《ねえ》さんに助《たす》けられて――②

2020年11月2日　第1刷発行

著者　櫻《さくら》井《い》春《はる》輝《き》
発行者　島野浩二
発行所　株式会社双葉社
〒162-8540
東京都新宿区東五軒町3-28
電話　03-5261-4818(営業)
　　　03-5261-4851(編集)
http://www.futabasha.co.jp
(双葉社の書籍・コミック・ムックが買えます)
印刷・製本所　三晃印刷株式会社
フォーマットデザイン　ムシカゴグラフィクス

落丁・乱丁の場合は送料双葉社負担でお取り替えいたします。「製作部」あてにお送りください。

ただし、古書店で購入したものについてはお取り替えできません。

[電話]03-5261-4822(製作部)

定価はカバーに表示してあります。

ISBN978-4-575-75277-9　C0193
Printed in Japan

Mさ02-02

モンスター文庫

氷の令嬢の溶かし方 1

How to Melt the Ice Lady

高峰 翔
Takamine Kakeru

Illustrator：加川壱互

「私に構わないでください」
ぶっきらぼうながらも世話焼きな火神朝陽と心を閉ざし、他者を寄せ付けないことから〝氷の令嬢〟と呼ばれる氷室冬華。マンションの隣に住んでいるとはいえ、関わる機会がなかった二人だが、朝陽のお節介から冬華との関係性に変化が訪れ……。

第8回ネット小説大賞受賞作！　じれったくも甘酸っぱい遅効性ラブストーリー。

モンスター文庫

発行・株式会社　双葉社